Alles Liebe!

-minu

Alltagsgeschichten

Band 2

Druck: Basler Zeitung, 4002 Basel
Printed in Switzerland
ISBN 3-85815-242-0

-minu

Alltags-
geschichten

mit Zeichnungen von Hans Geisen

Band 2

Buchverlag Basler Zeitung

Telefon-Geschichte

Als ich im lieblichen Sommer 1949 auf die Welt kam, erfuhr's Vater in einer Telefonkabine.
Vater hatte die Sechser-Tour. Und Mutter die Wehen. Bei jeder vierten Tramstation zwischen Riehen und Allschwil hüpfte er aus dem grünen Wagen. Jagte auf die Telefonkabine zu. Drückte das Zehnerli in den Schlitz. Und trieb die Hebammen im Frauenspital sowie die Fahrgäste der Sechser-Linie zum Wahnsinn.
«Ist mein Bub schon da?» brüllte er dann in den Hörer. Er litt an Intuitionen. Und war sicher, dass es gar nichts anderes als ein Bub sein könne.
In der Kabine der Schifflände kam ich dann zur Welt. Telefontechnisch. Die Geschichte weiss nur noch, dass Vater mit roten Augen aus dem Glaskasten torkelte. Und immer wieder «ein Zwölfpfünder... man stelle sich vor: ein Zwölfpfünder!» murmelte. Im Helm hat er schliesslich einen Zweier Magdalener bestellt. Und die Tramgäste Tramgäste sein lassen.
Die Wagen stauten sich mittlerweile bis zum Stadttheater – ja, Vater machte Schlagzeilen: «Junger Tramvater gebärt Verkehrschaos!» Er erhielt 30 Franken Disziplinar-Strafe – und Mutter einen Fr.-1.95-Nelkenstrauss mit Asparagus ausgarniert.

Im Familienkreis hat er die Geschichte an Konfirmationen, Verlobungen und Beerdigungsfeiern immer wieder frisch aufgewärmt. Als er dann schliesslich von seinen Trämler-Kollegen als fahrender Bote in den Grossen Rat gewählt wurde, war sein erstes Votum: «... und ich verlange, dass in jedes Tram ein Funkgerät mit Telefonverbindung eingebaut wird. Wir haben viele junge Väter unter uns – und ich weiss, wovon ich rede...»

Seither stehen die Trämlein noch immer Schlange – aber der Grund liegt woanders...

Bis ich sieben Lenze zählte, gab's in unserem Haushalt kein Telefon. Mutter schickte mich als A-Post in der Gegend herum. «Geh rasch zu Tante Gertrude und sag' ihr, sie solle morgen die kleinen Dauerwellen-Wickeli mitbringen...» Oder: «Richte Onkel Alphonse aus, die Sitzung der Wellensittich-Clubs sei um einen Tag verschoben...» Ich war der wandelnde Null-Tarif.

Gottlob machten die Blickensdorfers mit dem Theater ein Ende. Sie hatten als erste in unserer Strasse sechs Schneckenpfännchen, eine «Elna» mit Zickzack-Stich und den elektrischen Rauchverzehrer. Man ahnt's: Sie waren die Trendsetter des Quartiers. Als bei ihnen das Telefon zum ersten Mal schellte, lief auch Mutter Sturm: «Hans – ein Telefon muss her!» Die Schneckenpfännchen hatten wir schon.

Der erste Apparat war dann ein hohes rabenschwarzes Ungetüm mit Metall-Gabel. Die Drehscheibe liess sich wundervoll kurbeln – wenn meine Eltern nicht zu Hause waren, spielte ich «Sekretariat». Wählte wild drauflos. Hielt imaginäre Gespräche mit der ganzen Welt – so lange, bis Mutter einmal Vater bleich die Telefonrechnung in der Höhe von drei Monatslöhnen präsentierte: «Vier Mal Japan, acht Mal Boston – Hans, hast du mir etwas zu sagen!?»
Mit den Jahren ist das Telefon zum Alltag geworden. Mehr: zur alltäglichen Nervensäge. Zwar ist die schrille Klingelstimme von einst zum melodischen «Duiuiuiii» mutiert. Aber das schwarze Ungetüm ist zum gabellosen Handgerät verkümmert. Und statt des lustigen Drehscheiben-Drehens knöpfelt man nur noch Knöpfe. Eines jedoch ist geblieben: Das Telefon schellt auch heute noch immer im dümmsten Moment...
Kürzlich hat nun gar mein Freund Thomas mitten beim Tages-Menü etwas aus der Hosentasche geschält. Stolz zeigte er auf den kaum faustgrossen Apparat: «Was sagst du? – Ich habe ihn immer dabei. So weiss ich stets, wie's meinen Weibern geht, haha!»
Die Zeit, wo man mit einem stehengebliebenen Tramzug Geschichte machen kann, ist endgültig vorbei.

Kriegsberichte

An meinem Adelbodner Fenster blühen Blumen. Filigrane Blüten. Eisblumen.
Im Zeitalter des wachsenden Ozonlochs habe ich nicht mehr an Eisblumen geglaubt. Zumindest nicht an meinem Adelbodner Chalet-Fenster. Die Medien haben immer wieder erklärt, mit dem Winter von einst sei es endgültig aus. Und ich hätte mir dies selber zuzuschreiben. Mit meinem Auto. Und meiner Zentralheizung. Und meinem Haarspray. Und überhaupt...
Vermutlich bin ich ein Vogel Strauss. Denn bei Horrormeldungen stecke ich stets den Kopf in den Sand. Höre weg. Und lasse die Sache dann in kleinen Dosen auf mich wirken. Den ganzen Horror auf einen einzigen Schuss kann ich nicht ertragen. Also gehe ich in Deckung – und warte mal ab.
Mein Göttibub Oliver, der Politologie studiert und bereits höchst gescheite Artikel über die Kriegsherde in aller Welt publiziert, bombardiert mich dann ebenfalls mit Vorwürfen: «Weshalb verschliesst du deine Augen? Weshalb schreibst du in deinen Berichten über diesen Unsinn von glitzernden Schneelandschaften... von Vogelfutter für die Dolen... von surrenden Staubsaugern und verbilligten Korsetts im Ausverkauf. Das ist nicht die Wirklichkeit. Die

Wirklichkeit heisst Golfkrieg... Litauen... chemische Waffen... Ende des Ultimatums...»
Ich gehe erstmals wieder in Verteidigung. Ziehe den Kopf ein: «Danke. Mit dieser Wirklichkeit werde ich jede Sekunde per Radio und Fernsehen, per Sonntagsblatt und Tageszeitung knallhart konfrontiert. Wenn ich nicht eine gutmütige Seele wäre, müsste ich sagen: Die Situation am Golf wirkt auf gewisse Medienleute wie ein Glas Champagner. Stimulierend. Doch wenn Herr Asis den Pressesaal des Intercontinentals in Genf betritt und dort einen ziemlichen Stuss von sich gibt, hocken dieselben stimulierten Medienleute kommentarlos und stumm vis-à-vis. Um dann in der nächsten Sendung oder im nächsten Blatt um so epischer die Frage auszuwalzen, weshalb der Friedensgipfel gescheitert ist...»
«Das verstehst du nicht...», wehrt Oliver unsere Überlegungen energisch ab: «Wir sind nicht dazu da, die Welt zu verbessern. Wir sind dazu da, über die Situation zu berichten...»
Vielleicht. Aber schon im Latein war mir Caesar mit seinem «de bello gallico» suspekt. Ich mochte seine Kriegsberichte nicht. Und schon gar nicht Ablative. Da war mir Homer mit seiner rosenfingrigen Morgenröte, mit der er die Abenteuer des Ulixes jeden Tag erwachen liess, schon lieber.
«Mit Leuten wie du musste diese Welt so wer-

den…», seufzt Oliver. Und hängt den Telefonhörer auf.
Ich hole zerknirscht mein Vogelfutter. Werfe es den Dolen zu. Und beende hier diesen Bericht – damit wir für den Horror dieser Welt noch ein bisschen Zeilenplatz gespart haben.
Übrigens: Die Eisblumen blühen immer noch…

Journalismus

Kürzlich hat Herr Isler angerufen. Ein reizender Mensch. Überdies Leiter der grössten Journalistenschule unseres Landes (vulgo: Schuschu): «Also – sag' denen mal, was du unter Journalismus verstehst. Aber nicht so seichtes Gemimpfel. Echt starke Facts. Die zermalmen dich sonst – Journalismus ist nicht mehr der Zuckerwattejob von früher...» *Zuckerwattejob?!*
Und das einem, der Zarah Leander noch live vor den Interview-Block zerren musste!
Als ich vor 30 Jahren einer etwas gestressten Familie an einem Mittagessen verkündete, ich wolle irgendwann mal Journalist werden, herrschte drei Sekunden Todesstille. Nur Grossmutter schlug rasch das Kreuz. Und Tante Gertrude presste die Hand an den Mund. Sie wimmerte durchs Taschentuch: «Das arme Kind – das kommt von diesen Mickey-Mouse-Heftchen! Ich hab's ja immer gesagt...»
Vater aber blähte sich auf wie ein Ochsenfrosch. Seine Halsader schwoll an: «Red' keinen Mist! Du ergreifst gefälligst einen anständigen Beruf. Und wirst Nationalrat...»
Mutter aber räumte den Tisch ab: «Er wird Pfarrer...», sagte sie bestimmt. Und dann zu mir: «Da kannst du deine Predigt schreiben – das ist dann auch sehr schön!»

Als ich mich ein paar Monate später als angehender Maturand bei einer Zeitung meldete und einem Lokal-Redaktor, den sie alle Onkel Fritz nannten, erklärte: «Ich möchte Journalist werden – wie macht man das?» – begann dieser wild zu husten. Fuchtelte mit seiner «Memphis ohne» herum. Und keuchte: «Diese Frage ist bis heute nicht beantwortet – da. Schreib' 30 Zeilen über diesen Anlass...»
Er drückte mir einen Zettel in die Hand. Es war eine Einladung zum Bunten Abend des Jodeldoppelquartetts «Schützenmatte». Und als ich mich dort mit grössenwahnsinniger Miene an den Platz setzte, wo «reserviert – PRESSE» auf das Papiertischtuch gekritzelt war, segelte eine Trachtenjodlerin energisch auf mich zu. Zerrte mich hoch. Und blaffte: «Weg da, du Hösi! Dieser Stuhl ist für den Herrn Journalist, der kommt...»
Da wusste ich, dass ich keiner war.
Einige Jahre danach, als ich in den heiligen Hallen der Redaktion schnuppern und den göttlichen Ressortchefs Kaffee kochen und Knöpfe annähen durfte, da blieb ich stets ehrfürchtig vor dem Büro des Chefredaktors stehen. Freitag für Freitag hing hier ein Plakätlein «Nicht stören!». Man hörte das «dlagg...dlaggedidlagg» der Schreibmaschine. Und wusste: Das gibt den wichtigen Sonntags-Leitartikel.

Reserviert PRESSE

Wir träumten leise, wann denn auch wir endlich einmal… aber: «Himmel! – wo bleibt der Kaffee?!» – brüllte es aus der Wirtschaftsredaktion. Wir beinelten hurtig mit den Kartonbechern los. Und: «Merk' dir eins: Träumer haben im Journalismus keinen Platz…» – wetterten die Herren.
«Du hast es so gewollt!» schüttelte Mutter ihren Mahnfinger aus. «Als Pfarrer hättest du jetzt eine nette, kleine Gemeinde…»
Stimmt. Und den lieben Gott als Chefredaktor.
Heute?
Chefredaktoren sind Konzernleiter geworden. Das «dlaggedidlaggedi» ihrer Schreibmaschinen hört man nur noch selten. Dafür schreiben die Journalistenschüler ihre Sonntags-Leitartikel direkt in den Computer.
Die Frage «wie wird man Journalist?» kann aber auch heute noch keiner beantworten. Nicht einmal der Wunsch, auf keinen Fall in die Politik einzutreten, ist da eine Berufsgarantie. Denn mittlerweilen wollen vereinzelte Journalisten auch Nationalräte werden.
«Journalist» – das ist ein dehn- und genau so unkontrollierbarer Begriff wie «biologisches Gemüse». Oder «ungespritzte Kartoffel». Die Umwelt muss es einfach glauben, dass es eine ist: eine biologische Kartoffel. Oder eben: ein Journalist.
Leider gibt es auch keine Trachtenjodlerinnen

mehr, die einem klipp und klar sagen könnten: «Nein. Du hockst da als Journalist auf dem falschen Platz...»
Das Ozonloch, die Umweltbelastung und der Konsumentenschutz haben «die bunten Abende» in diesem Beruf abgelöst...

Verbotene Gefühle

Wir leben in einem Land, wo man Gefühle in den Urlaub schickt. Gefühle finden nicht statt – werden unterdrückt. Wie das Görpslein nach dem Cola.

Angestaut mit Gefühls-Blähungen gehen wir also durch den Alltag. Haben Kopfschmerzen. Und versuchen, den Zwangszustand mit einem Joint zu mildern.

Weiss der Teufel, weshalb wir so ein verdrucktes Volk sind. Und weshalb bei uns das Lächeln auch noch in die Sparbüchse kommt. In Italien wird's mit Zinseszinsen ausgegeben. Hier umarmen die Menschen einander auf offener Strasse. Jubeln miteinander. Weinen miteinander. Zeigen, wie's ihnen zumute ist. Und brüllen auch mal ordentlich die Polizisten an (die dann ebenso ordentlich zurück).

Ehekräche werden im Süden lauthals und openair ausgetragen. Die Versöhnungen dann ebenfalls.

Das Gefühl kennt kein Valium – nur Explosion. Und Erleichterung.

Als Kind hat man uns eingetrichtert: «Ein Bub weint nicht...»

War ich einmal traurig, redete ich mit meinem Kopfkissen. Oder drückte den Kopf an den Teddybären («Umshimmelswillen – jetzt hat dieses

Kind mit zwölf Lenzen noch einen Teddybären! Da stimmt doch was nicht!»).
Stimmt. Bei uns stimmt schon lange etwas nicht. Wir kontrollieren nicht nur das Wirtschaftsbuch und die Verfalldaten der Magerjoghurts. Wir kontrollieren auch unsern Stimmungsbarometer. Und frieren unsere Gefühle ein – wie Himbeeren für den Winter.
Die Schäden können nie so winzig sein wie die kleinen Reparatur-Kügelchen der Chemie, die uns dann wieder ins Gleichgewicht bringen sollen. Oder anders: Das fröhlichste an unserm Gefühlsleben sind die Farben der Nervenpillen. Halleluja.
Manchmal – wenn's im Kino oder an der Flimmerkiste so richtig schön kitschig wird und ein Jubelchor im Hintergrund singt, weil sich das Paar nach langen Irrwegen doch noch bekommt – also dann möchte ich losheulen. Möchte schluchzen. Und in diesem Gefühlsbrei schwimmen gehen. Tränen haben schliesslich etwas Befreiendes, Erlösendes – sind wie ein Reinigungsbad. Aber was tun wir? – Gneissen nach links, ob's einer sieht. Gneissen nach rechts, wo sie mit verlegenem Grinsen bereits Gefühlsmomente abtemperieren: «Ist ja grauenvoll – dieser Schnulzenmist...» Ja es ist – als ob die Leute in ihrem Innern einen Stausee aufgebaut hätten. Und nun Angst vor dem Überlaufen haben.

Wir verzichten auf die Tränen. Schlucken sie runter. Und haben einen dicken Hals.
Was sind wir für eine verlogene Gesellschaft, die Selbstfindungsgruppen und Joga-Therapie nötig hat, um das Innerste zeigen zu können. Weshalb können wir nicht einfach nur sagen: «Ich liebe dich...» Oder: «Du bist ein Scheisskerl!» Weshalb müssen wir auch noch analysieren, weshalb wir jemanden lieben. Stets: Kontrolle. Wir legen uns über jeden Gefühlsmoment eine Fiche an...
Kürzlich bin ich wieder in solchen Gefühlsmomenten eingetaucht. Man zeigte Prachtbilder über meinen Heimatort. Ich war weg – bezaubert. Als ich nach der Bilderschau das übervolle Herz auf der Zunge sprudeln liess (Grossmutter: «Man trägt sein Herz nicht auf der Zunge spazieren, mein Kind!»), als da meine Freude überfloss, wurde ich von den intellektuelleren meiner Kollegen schief angeschaut: «Zzzzz – das war ja ein immenser Zuckerguss...» Und dann tadelnd: «Solche Gefühle, die da erzeugt werden, sind einfach gefährlich... man muss sich besser in Kontrolle haben!»
Es kann kein Zufall sein, dass 80 Prozent der Tranquilizers dieser Welt aus den Norden kommen...

Hund zugelaufen

Als wir kürzlich beschwingt von einem Nachtessen nach Hause kamen, empfing uns ein genervtes Stimmengewirr im Garten: «... ich will nicht, dass du ihm bei Tisch zu fressen gibst ... das gewöhnt er sich an ... nicht geifern ... So. Bravibrav!»
«Du hast ihn mit Schokolade von mir weggelockt!» vernahm man die gekränkte Stimme Hugo Mozzarellas. Unter dem Tisch aber wedelte ein überfüttertes, undefinierbares Etwas, das früher mal zur Gattung der Foxterrier gehört haben muss.
«Was ist denn das!?»
«Die beiden springen elektrisiert hoch: «Was sagst du nun – ist das eine Überraschung?!»
Nur Esther bleibt gelassen sitzen. Sie ist Kummer gewohnt: «Die zwei sind auf den Hund gekommen – oder eigentlich ist der Hund auf sie gekommen. Er lief ihnen nach. Jetzt haben wir das Flohpaket ...»
Mittlerweilen mischt sich auch noch unsere Nachbarin, die Tierärztin, ein: «Wenn ihr mich fragt: Er hat Wasser auf der Lunge. So wie der zittert. Und lang macht er's nimmer – er ist viel zu fett ...»
«Ich werde täglich um sechs Uhr mit ihm spazierengehen», erklärt Innocent heroisch. Und

unsereins wird nun doch leicht muff: Täglich mit einem zugelaufenen Hund spazieren gehen! Aber wenn ich mal frage, ob jemand die Abfallsäcke herausstellen könnte, ist stets ein Riesengemüffel. Deshalb: «Wir können den Hund nicht einfach behalten. Der wird gesucht...»

Nun aber geht das Theater erst richtig los. Innocent behauptet, man habe das arme Tier ausgesetzt, weil seine Besitzer unbehelligt in die Ferien abzischen wollten. Die Tierärztin glaubt, das Vieh sei ausgerissen. Und habe – dem Durst und den krummen Beinen nach – mindestens schon 300 Kilometer auf dem Buckel. Nur Hugos Augen wässern im Drama: «Blödsinn – so dick, wie der ist, wurde er von einer alten Dame überfüttert. Die lag heute morgen tot im Bett. Und das kluge Tier sucht sich nun eine neue Quelle des Labsals...» (Kenner ahnen Rilke.)

«Gib ihm nicht alle Wurst!» unterbricht Innocent gereizt die morbide These. Und lockt den Hund eifersüchtig mit Pralinés auf seine Seite. Dann verkünden beide im Chor: «...und das Bettchen haben wir ihm auch schon gerichtet...»

Ahnungsschwanger gehe ich ins Haus. Auf dem Steinboden hat man ein gemütliches Nest aus abgetragenen Wollpullovern, Schmusekissen und Fussmatten-Fetzen aufgebaut. «Wir können den Hund nicht behalten», zische ich zu Esther.

Diese weiss Rat: «Auf dem Gemeindeplatz ist Feuerwerk und Tanz. Ich werde ihn ausrufen lassen. Halt' mir die Männer vom Leib!»
Doch da ist keine Gefahr. Die hocken in sensibler Weinseligkeit am Glas und denken sich nette Namen aus: «Wuscheli…? Nein. Dazu ist er zu intelligent…Schnüüfeli?…Napoléon? Nicht schlecht, wo der auch immer das Pfötchen hoch hielt…oder wie wär's mit Don Juan?!»
«Er ist kastriert», gibt die Tierärztin zu bedenken.
Doch da taucht bereits Esther wieder auf: «Seine Besitzer haben ihn schon gesucht. Sie holen ihn gleich ab – es sei jedes Jahr dasselbe Theater: Wegen des Feuerwerks und der Kracherschüsse laufe er ihnen davon. Und verstecke sich zitternd irgendwo…»
Eine halbe Stunde später war der Fox abgeholt.
«Wie hat er eigentlich geheissen?» will Mozzarella wissen.
«Chips», sagt Holz dumpf. Und dann entrüstet: «Chips!! – Als ob man einen solchen Prachthund ‹Chips› taufen könnte…!»
Dann schaut er lange durchs Fenster: «Ob er uns wieder mal besuchen wird?» Eine kurze Zeit ist es still.
«Die alte Dame hätte ihn bestimmt ‹Napoleon› getauft», sagt Mozzarella. Und baut das Hundenest langsam wieder ab…

Die Kleekuh...

Herr Brodtbeck, unser Garagist, der allen meinen Autos die letzte Ölung geben durfte, hüstelte verlegen: «Ich sage es nur ungern, Herr -minu – aber Sie brauchen keinen gewöhnlichen Garagisten. Sie brauchen einen mechanischen Psychiater mit Nerven wie Stahlseile.»
Ich verstand. Es war ein Abschied für immer. Herr Brodtbeck schloss sein Gummilager mit dem ureigenen Geruch von Lötkolben und Abgastest. Der Mann ist vorzeitig gealtert. Kenner behaupten, die unberechenbaren Eskapaden unserer Autofahrkunst seien nicht unschuldig daran gewesen.
Der verwitterte Garagist streichelte nochmals meine weisse Büchse: «Lange wird er's nicht mehr machen – so wie Sie ihn immer in die Knie zwingen...» Dann vorwurfsvoll: «Überdies dürften Sie ihn ruhig wieder mal waschen lassen. Man kann seine ursprüngliche Farbe kaum mehr erkennen...» – Er wischt sich die Augen: «Na dann fahrt gut, ihr beiden...»
Daraufhin hoppelten wir davon. Genau bis zum Heuwaage-Viadukt. Dort hat mein Auto mit einem herzzerreissenden Knall den Geist aufgegeben. Es hat die Trennung von Herrn Brodtbeck nicht überwinden können. Weisse Autos sind besonders sensibel...

Die Polizei, die augenblicklich zur Stelle war, taxierte die Mühle: «Der ist passé – Sie brauchen einen neuen!»
Daraufhin suchte ich eine neue Garage. Und ein neues Auto.
Fräulein Niederhauser, im kurzen Lamé und auch sonst hübsch getrimmt, rieb sich die Hände: «Also – wir hätten da ein prächtiges rotes Cabrio ... macht spielend seine 240 Sachen. Mit Lederpolster ...» (dann mit Seitenblick auf uns) «... und Lippenstiftfach ... (hüstelhüstel) ...»
Ich will kein rotes Auto. Rote Wagen sind so stur. Nein: «Ich brauche wieder ein kleines, weisses. Es soll einen unkomplizierten Charakter haben. Und es soll mir stets sagen, wenn ich beim Aussteigen verschwitzt habe, die Lichter auszuschalten ...»
«Aha», sagte Fräulein Niederhauser und warf beschwörende Blicke zu ihrem Chefmechaniker. «Aha – das Lippenstiftfach dürfen wir also vergessen ...»
«Es muss aber eine Zentralverriegelung haben, weil diese Kleekuh immer alles offenlässt ...», meldete sich Hugo Mozzarella gereizt.
«Es ist gut», flüsterte das Fräulein im Lamé. Und übergab uns vier Wochen später die Schlüssel zur einem kleinen, keuschweissen Kistchen: «Es ist der preisgünstigste Kleinwagen nach dem

Trottinett – überdies die erste Eierkiste mit Zentralverriegelung. Wir mussten sie extra einbauen!»
Dann schickte sie mich mit guten Wünschen auf die Reise. Diese ging genau wieder bis zum Heuwaage-Viadukt. Dann – röchelröchel! – blieb die Büchse bei ihrem 16. Kilometer stumm stehen. Frühtot – vermutete ich.
Die Polizei, die hurtig herbeieilte, sperrte sofort ab: «Ist es wieder soweit? Na, dann wollen wir mal…»
Sie wühlte galant in den neuen Kabeln. Pfropfte die Kerzen neu. Blies ins Getriebe – umsonst. Das neue Kistchen machte keinen Mucks er, bis jemand auf die Glanzidee kam, den Tank nachzukontrollieren. Er war trocken wie die Wüste Gobi. Und man orderte sofort Benzin an.
Glücklich packte ich wieder das Pannendreieck ein. Knallte die Hecktüre zu. Und wollte einsteigen. Aber leider war der Schlüssel drinnen – und draussen alles zentralverriegelt.
Als der Abschleppdienst das Kärelchen in der Rialto-Garage bei Fräulein Niederhauser ablud, lächelte diese etwas krampfhaft: «Ja, wer kommt denn da?»
«Die Kleekuh», lachte ich.
Und mir schien, als wäre die Garagistin bereits etwas gealtert.

Fichiert

Zuerst habe ich geschmunzelt. Mich mokiert. (Wie so viele.) Und den Kopf geschüttelt: «Fichen!? In unserm Land?... Nun gut. Man hat's ja immer irgendwie gewusst...»
Dann kam ein erster Anflug von Ärger: «...aber dieser kleinkarierte Unsinn. Dieser Ballon an gigantischem Beamtenapparat! Was das kostet. Dieses verschleuderte Geld! Und vor allem: dieser verschleuderte Eifer...!»
Meine politischen Kollegen auf der Zeitung setzten die schwarzen, wichtigtuerischen «Hab-ich's-nicht-immer-gesagt»-Mienen auf: «...was da noch kommt! Das ist erst die Spitze des Eisbergs. Man müsste auswandern...»
Ahnungsschwanger sassen sie beim Bier. Und komponierten ihr Fichen. Denn: «Natürlich bin ich registriert...mit meinen verdammt kritischen Artikeln über unser System. Und wo ich doch mal in Jugoslawien zum Baden war...»
Energisch forderten sie aus Bern die Eintragung. Den Beweis. Wollten's schwarz auf weiss – ja, das Fichen-Register wurde plötzlich zum «Who is who» der Intelligenzija. Zur Schickeria-Klatschspalte der Intellektuellen:
Wehe dem, der nicht drin war!
Der war hoffnungslos out. Und entsprechend sauer: «Stümperarbeit! Aber die wollen nur

nicht mit meinen Eintragungen rausrükken... ich gehe jedoch bis nach Bern!»
Es nützte nichts. Die Registrierten setzten die feierliche Miene der Geweihten auf. Und liessen künftig alle mit der Null-Eintragung links liegen. Sprichwörtlich. Denn schon kursierte in politischen Gesellschaftskreisen der Spruch: Keine Fiche für kleine Fische! Und wer ist schon gerne eine Sardine? Wo sich doch jeder Medienschaffende für einen Polit-Hai wähnt... eben!
Ich habe die Fiche ebenfalls angefordert – und das höhnische Gebrüll meiner Kollegen geerntet: «*Du!* Das politische Baby Schimmerlos! Und dann dein reaktionärer Touch... nein, mein Lieber!» Sie tätschelten mir wohlwollend auf die Schultern: «Nur Denker sind suspekt...»
Als dann die Fiche kam, waren sie ebenso verblüfft wie ich. Da sind Gespräche über eine Sibirienreise anno 1981 (mit Details) registriert. Überdies: eine Liebesnacht am Baikalsee 1982 (ohne Details). Dazu: drei schwarze Balken, welche die Informanten schützen...
Zuerst grinste ich wieder. Dann begann etwas in mir zu bohren. Etwas zu nerven wie das Surren auf dem Zahnarztstuhl: Woher haben sie das eigentlich? Wer ist der Informant? Welcher Name verbirgt sich unter dem Balken? Wer hat gepetzt?!
Nachts lag ich nun wach. Überlegte: Mit wem

habe ich über Sibirien gesprochen? Wem habe ich was vom Baikalsee gesagt?
Ich erkannte plötzlich: Der Informant muss im Freundeskreis sein. Und das machte mich unruhig, traurig – so traurig wie damals meine Mutter, als ich Rosie anschwärzte, weil sie in der Schule geschwänzt hatte. Mutter hat mich lange angeschaut. Und erklärt: «Das Schlimmste im Leben ist immer, wenn man einen andern denunziert – merk' dir das!» Und dann hab' ich geheult.
Ich spüre, wie Verdächtigungen wie Nebelschwaden in mir auftauchen. Ich versuche, diese Verdächtigungen zu verdrängen. Aber ganz plötzlich kann ich gewissen Freunden nicht mehr unbefangen gegenübertreten. In meinem Innersten hockt der Stachel. Und sie spüren, dass ich mich ihnen gegenüber verändert habe («Was ist los? Was hast du?»).
Immer wieder sage ich mir: Du tust ihnen unrecht. Es sind keine Petzer. Überdies kann's ja nur einer sein.
Aber der Stachel bleibt – und ich bin wütend auf Bern. Wütend, dass sie hier die Informanten mit dem Balken schützen – und so meine Freunde meinen eigenen Verdächtigungen ausliefern...
Zuerst habe ich über alles gelacht. Aber das Lachen ist mir als schwarzer Klotz im Hals steckengeblieben...

Das verschwundene Lachen

Kürzlich ist mir ein Lächeln verlorengegangen. Es war morgens. Ich stand vor dem Badezimmerspiegel: Schabte mir den Schaum von den Backen. Und suchte mein Lachen. Aber da waren nur zwei müde, fast traurige Augen. Da war überdies Leere. Funkstille. Das Lach-Data ist abgelaufen – man fühlt «Wegwerfstimmung»...

Schon Tage zuvor habe ich Freunde zueinander sagen hören: «Er hat etwas...er lacht gar nie mehr...vielleicht sollten wir mit ihm reden...»

Sie haben's nicht getan. Man redet nicht gerne über ein verlorenes Lachen.

Als Kinder haben wir viel gelacht. Sind damit den gestressten Erwachsenen oft auf den Keks gegangen: «Was ist – habt ihr ‹Giigelisuppe› gegessen?» hiess es dann. Oder: «Hört auf – nur dumme Menschen lachen immer...» Also waren wir eben dumm. Doch besser dumm und froh – als intellektuell und sauer. Das lernten wir Dummen schnell.

Im Flegelalter ist man angestaut mit Lachern – wie ein Huhn mit Eiern. Die Lacher müssen raus. Und man tut einiges dazu, dass sie immer wieder explodieren.

Im Tram haben dann die Alten genervt protestiert:

«Jetzt hört aber auf – seht ihr nicht, dass die Leute ihre Ruhe haben wollen...»
Wir konnten nie begreifen, dass man nicht auch in Ruhe lachen kann. Und «giigelten» nur noch hemmungsloser drauflos.
Mit Mutter spielten wir ein Spiel: «Wenn du mich in drei Minuten zum Lachen bringst, trockne ich eine Woche lang das Geschirr freiwillig ab...»
Vater schaute auf die Uhr: «Los!» Mutter zog die Backen ein. Und begann ganz langsam mit den Ohren zu wackeln...
Wir spürten, wie von der Bauchgegend kleine Gluckser nach oben stiegen – wie Seifenblasen. Wir pressten die Lippen zusammen. Hielten den Atem an. Aber es blubberte mehr und mehr – bis wir schliesslich nicht mehr konnten. Drauflos prusteten. Und explodierten. Daraufhin lachten alle. Und dieses Lachen wirkte immens anstekkend. Ja, man konnte gar nicht mehr aufhören. Schliesslich hielten wir uns den Bauch. Rannten aus dem Zimmer. Japsten: «Ich kann nicht mehr...»
Lehrer reagierten gegenüber Lachern immer besonders misstrauisch: «Was ist los? Was gibt's?» Es gab stets soviel. Aber das wollten die Lehrer nicht einsehen: «Euch wird das Lachen schon noch vergehen – wartet nur, bis die Zeugnisse kommen...»

Mit diesen Drohungen hatten sie Erfolg – und unserm Lachen den ersten Dämpfer aufgesetzt. Auch Grossmutter konnte allzuviel Fröhlichkeit nichts abgewinnen – besonders nicht, wenn die Lacher auf einen Freitag fielen. Sie schaute uns vielsagend an: «Wer am Freitag lacht und singt, weint am Sonntag ganz bestimmt...»
Was beim Kind noch als Lachen durchging, wird beim Pubertierenden zum Grinsen. Der Heranwachsende spürt, dass er sein Visavis mit einem schrägen Lächeln auf die Palme jagen kann. Also nutzt er's. Und hört immer wieder: «Grins nicht so saublöd!» Das gibt ihm eine gewisse Überlegenheit – dennoch fühlt er die erste leise Traurigkeit im Lachen, fühlt, dass die unbeschwerte Fröhlichkeit zu welken beginnt.
Später versucht er, das Lachen der Kindheit nochmals einzufangen. Er trifft sich mit ein paar Freunden. Organisiert ein «Männer-Weekend». Und hier kann man dann nochmals so ungeniert drauflosblubbern wie damals, als die Lacher Seifenblasen waren. Die Frauen schauen dann einander vielsagend an: «Man möchte es nicht für möglich halten – wie die Buben!»
Kürzlich hat mir ein Freund erklärt: «Was willst du eigentlich? – Wir haben schliesslich nichts zu lachen...»
Stimmt. Wir leben in einer Welt, wo Lachen ein Zeichen von Dummheit ist. Kein Wunder, dass

in einer solchen Zeit die Erfindung des Lachsacks Furore machen musste…
Ich schaue nochmals in den Spiegel. Nein. Das Lachen ist weg. Verschwunden. Irgendwohin.
Es hat sich von den Lippen geschlichen. Und ist zu den Kindern gegangen.

Der Bouchée-Typ

Kürzlich überkam's mich. Es überkommt uns oft. Aber selten so heftig wie an jenem Mittwochnachmittag an dem kleinen Kiosk.
Zwischen zuckerlosen Kaugummis und den Alltagssensationen einer Regenbogenindustrie funkelten sie quadratisch. In Stanniol.
Ich schluckte leer. Schon plätscherte mir das Wasser im Mund zusammen. Sofort schloss ich die Augen und sagte «nein, nein» (so wie man's mir in der ersten Weight-Watcher-Stunde geraten hatte). Dann hörte ich eine mir total fremde Stimme flüstern: «Vier von diesen Karamel-Bouchées – zwei dunkle und zwei helle, bitte!»
Nein. Das war nicht meine Stimme. Aber das waren meine Caramel-Bouchées. Ein höheres Wesen muss die Macht über mich ergriffen haben. Und höheren Wesen soll man nicht «nein, nein» sagen.
Ein schlankschlacksiger Mann mit der eleganten Bräune des modischen Radfahrers stand neben mir. Er schickte einen verächtlichen Blick auf die vier Bouchées. Und verlangte die «Neue Zürcher Zeitung». Sowie den «Sport». Man ahnte gleich: Das ist nicht der Bouchée-Typ. Das ist der Müsli-Genre. Der kaut den Gummi sugarless. Löffelt den Joghurt «light». Und hat Mühe bei der Verdauung der Börsenkurse.

Nun reizen mich diese drahtigen Drahtesel-Tramper mit ihren provokativ konkaven Ohrengrübler-Bäuchen wie das rote Tuch den Stier. Betont langsam schäle ich das erste Glimmerquadrat aus dem Stanniolmantel. Linse mit einem Auge zum Sportstyp. Und sehe, wie den ein Schauder des Grauens überrieselt. Angewidert zischt er ein tiefsinniges «zzzzz». Ja, sein Ego muss zünftig geknetet worden sein, denn nun reisst er von einem Adrenalinstoss getrieben seinen zuckerlosen Zimtgummi auf. Schiebt sich demonstrativ ein Tablettchen davon zwischen die Zähne. Und mahlt nervös auf dem Kaugummi herum, während ich genuss- und geräuschvoll am Quadrat des Glücks zu schlotzen beginne.
«Geben Sie mir noch die Glückspost», gurgle ich zwischen Karamelle und Schokoladenseligkeit zur Kioskfrau. Und nehme den Kaukummerbuben ins Visier – «da steht nämlich alles über Maria Schell drin!».
Ich spüre, wie mir der Schokoladensaft wie dem Vampir das Blut in den Mundwinkeln runtersabbert. Der Light-Mann wendet sich bleich ab. «...und mir können Sie noch die ‹Bilanz› geben!»
«Da ist immer ein netter Restaurantbeschrieb mit Weinvorschlägen drinn...», nicke ich. Doch der Mann schaut uns eisig an: «Das interessiert

KIOSK
Blatt
HEUTE
NEUE ZEITUNG
Zeitung
Blatt

mich nicht. Es gibt wichtigere Probleme auf dieser Welt, als wo man wie was trinkt...»
«Stimmt», strahle ich ihn an, «wo man wie was isst...»
Und das ist dann, als hätten wir eine Extraportion Backpulver in den Kuchen gegeben. Der Mann geht hoch wie eine unbemannte Rakete: «Solche genussfreudigen Weichtypen wie Sie sollten polizeilich verboten werden!» Sagt's. Schwinkt sich energisch auf sein nigelnagelneues Fahrrad. Und surrt mit NZZ und «Bilanz» im Gepäckträger verklemmt davon.
Ich spüre eine tiefe Depression, die man nur mit einem zweiten Karamel-Bouchée bewältigen kann. Seufzend nehme ich Maria Schell unter den Arm. Setze mich auf ein Bänkchen. Und beginne, die noch harte, zweite Karamelle schlürfend aufzuweichen. «Es war ein Unfall...», schreit mir nun der 72-Punkte-Titel entgegen. Ich tauche in den Bericht. Und – ganz plötzlich! – ein dumpfer Knall. Auf meiner Zunge spüre ich einen Fremdkörper – unangenehm rauh. Ein graues Stückchen Zahnplombe klebt an der Karamelle-Masse.
«Es war ein Unfall...», erkläre ich später Doktor Bossi, meinem Zahnarzt.
Der macht «zzzzz». Und: «Sie sollten eben zukkerlosen Kaugummi kauen...»
Bestimmt radelt er.

Falsch gewickelt…

Kürzlich war ich falsch gewickelt. Der Mann, der da seine Night-Club-Türe wie Cerberus die Hölle bewachte, schüttelte den Zeigefinger: «Zzzzz – mit Jeans geht das nicht. Tut mir leid!» Es waren die saubersten Jeans der Stadt. Und es waren die teuersten Hosen Italiens. Aber nein: «Zzzzz – so nicht!»
Dann liess er einen fadenscheinigen Trevira-Anzug passieren. Dieser ohne Bügelfalten. Aber mit Spiegeleier-Verkleckertem auf den Schenkeln.
Schon als Kind hatte man uns immer wieder eingebleut: «Kleider machen Leute!» Am Sonntag wurde ich lackbeschuht. Und busibemützt. Wie eine An- und Aufziehpuppe marschierten wir beim Nachmittagsspaziergang vor der Tanten-Mutter-Grossmutterfront. Und hörten hinten bissige Kommentare durch die Hutschleier wehen: «Hast du die Zirngibel gesehen – dieser kurze Rock bei solchen Knien! Die sollte die Beine einbinden – oder ein Hosenkleid tragen…»
Vater und ich freuten uns an den knappen Röckchen von Frau Zirngibel. Nicht so die Frauenmannschaft.
Schneite eine Hochzeit ins Haus, war die Aufregung fiebrig: «Was ziehen wir nur an?» Man liess

Frau Marti, die Familien-Schneiderin kommen. Kaufte Stoffe ein – und suchte nachmittagelang nach den passenden Knöpfen.
«Himmel – wenn wir Männer so ein Theater anstellen würden!» donnerte dann Vater. Mutter schoss einen Blick: «Hans – wer mit der Trämleruniform durch die Kinderstube geklingelt ist, sollte jetzt still sein!» Dann schälte sie Vaters schwarzen Anzug aus dem Kasten: Begutachtete die glänzenden Stellen. Und entschied: «Für dieses Mal geht das schon noch...»
So kam's, dass die Frauen mit eleganten, neuen Röcken ankurvten, während den Männern die Hosenknöpfe bereits vor dem Ja-Wort explodierten. Bei einigen hörten die schwarzen Beinröhren schon knapp unter den Waden auf. Aber Hauptsache die Damen zeigten modisch Farbe.
Mit 18 Lenzen habe ich dann bei «Tom» in Zürich meine erste Cordhose gekauft. Diese: rot. Um nicht zu sagen: zündrot. Dazu eine freche Deckelmütze. Ebenfalls in prächtigster Tomatenfarbe.
Die Boutique, die solches an den Mann brachte, war Avantgarde. Und in der ganzen Schweiz berühmt. Alle grauen Elefanten von damals haben sich nach Zürich aufgemacht. Um Farbe zu bekennen.
Kurz vor Basel, als der Kondukteur zum dritten Mal seltsame Blicke auf mein Zündrotes warf,

verliess mich der Mut. Ich habe die Toilette aufgesucht. Und wieder die graue Maus angezogen. Die Mütze habe ich aus dem Zugfenster geworfen – und die Hose meiner Cousine geschenkt.
Die Emanzipation explodierte dann gottlob in allen Schattierungen. Die Frauen banden sich Krawatten um, während in das Leben der Männer endlich Farbe kam. Mit der Farbe kamen auch die Jeanshosen. Und die epochale Entdekkung: man kann den Menschen auch in Jeanshosen konfirmieren. Das war das «out» des kleinen Schwarzen für den Mann…
Allerdings – noch ist die Emanzipation nicht bis in alle Knochen durchgedrungen. Schon im alten «Casino des Fleurs» von Cannes, wo sich einst die Unterwelt der Côte am Roulettetisch traf, wurden Jeans abgewiesen. Ganoven tragen Bügelfalten. Und als wir einmal im Londoner «Café Royal» mit einer Missoni-Strickjacke aufkreuzten, spritzte der Oberkellner sofort an und steckte uns hurtig in einen grauen Ersatzkittel mit Schweissflecken im Achselpolster.
Und nun dies: «Zzzzz – mit Jeans können sie nicht rein…»
Das Mädchen mit den viel zu dicken Oberschenkeln und dem Mini bis ins Juhee passiert problemlos.
Die Emanzipation grüsst noch immer aus den Ferien…

Mahnfinger

Man spricht viel von der «schönen Kinderzeit». Blödsinn. Die Wahrheit ist geschüttelte Zeigefinger-Romantik: «Sitz gerade... schmatz nicht so... red nur, wenn du gefragt wirst...»
Die Mahnfinger zeigen, wo's langgeht.
Auch in der Schule wird der Drohfinger benutzt: «Mit diesem Verhalten werden Sie nicht lange bei uns bleiben... geben Sie ein gutes Beispiel... Abschreiben ist unethisch...»
Man sitzt gestresst da. Löst psychische Beklemmungen mit Fingernägelkauen. Und bekommt schon wieder eine auf den Kopf genusst: «Das tut man nicht – Fingernägelkauen ist ein Zeichen von Schwäche. Ziehen Sie die Wurzel aus dieser Gleichung...»
Ich kaue heute noch. Und weiss auch jetzt nicht, wie ich die Wurzel ziehen muss...
Später ist's der Pfarrer. Er sagt meiner Mutter, was zu tun ist. Schüttelt den Zeigefinger: «Hanspeter darf keine Fasnacht machen. Das Jahr vor der Konfirmation ist das Jahr der inneren Einkehr. Judihei wäre da unethisch...und jeder muss in dieser Zeit ein Opfer bringen...»
Mutter gibt den Zeigefinger weiter: «Man macht im Konfirmationsjahr keine Fasnacht... er hat's auch gesagt...»
Wer ist «man»? Und wer ist schon er, Mann!?

Man merkt: der Zeigefinger dieser Welt heisst «man».
Zwar lerne ich von aufgeschlossenen Frauen, dass «Mann» nicht immer «man», sondern ruhig auch «frau» sagen soll – aber der Mahnfinger bleibt. Zeigt einmal mehr, wo's langgehen soll. Ob man. Ob frau...
Eltern, Lehrer, Sozialarbeiter – Pfarrer, Politiker und Erstaugustredner, ja selbst Frau Zirngibel im Konsum und Heribert Huber, der Stammtischprediger aus Leidenschaft wissen, was zu tun ist. Sie behalten dieses Wissen nicht für sich. Sie verbreiten's in vielen Leserbriefen und allen Lebenslagen: am Familientisch und vor der Elf-Uhr-Predigt.
Vetter Hugo, unser grobgehäkelter Weltverbesserer und das Alibi-Gewissen der Familie lamentiert, weshalb man die schwarzen Brüder ihrer Kultur beraube. Er schüttelt den Zeigefinger:
«Seit Jahrzehnten predige ich, diese Bevormundungen sind ein Verbrechen – aber natürlich hört keine Sau auf mich. Dabei muss man die Unwissenden vor solchen Missionaren schützen...»
Sicher.
Aber wer schützt uns vor Bevormundungen. Wer schützt uns vor den Missionaren. Missionare erkennt man in diesen Zeiten nicht mehr an

ihren gefalteten Händen – sondern an den Mahnfingern. Und den Pamphleten.
Man sagt mir von links, was zu tun sei. Man sagt mir von rechts, was zu tun sei. Man sagt's mir von oben. Und man sagt's mir von unten. Man hat's mir vom ersten Atemzug an gesagt («Na dann brüll mal schön!»). Und man wird's mir vermutlich bis zum allerletzten Röcheln sagen («entspannen... ganz abspannen!»). Aber ich bin's langsam verdammt leid, immer vorgekaut zu bekommen, wie ich die Welt zu verdauen habe.
Gut. Gut. Mit dem alten Herrn von oben hat die Misere angefangen. Auch ER hat Adam und Eva gesagt, was zu tun sei. Und was sie lassen sollen – aber man weiss das Resultat, kennt die Bescherung...
Ob ich Zeitungskommentare lese oder die Tagesschau sehe, ob ich Frau Roggenmoser beim Treppenklatsch zuhöre oder von der Fischfrau noch rasch einen Gratis-Rat zu den Flundern eingewickelt bekomme: Missionieren wollen alle. Predigen. Ihre Meinung an den Mann bringen.
Davon habe ich nun zünftig die Schnauze voll. Und predige ebenfalls: «Hört auf mit dieser ewigen Mahnfingerschüttlerei... hört auf, die geistigen Führer zu spielen... hört auf, mit...»
Ist ja typisch – natürlich hört wieder mal keine Sau auf mich!

Das Schloss

Grossmutter war eine verschlossene Person – ein Schlossfräulein, was das Zeug hielt. Da waren keine Haustüren, kein Kellergatter, keine Schatullen, an denen nicht ein Schloss bambelte. Leider verlegte sie die Schlüssel dazu. So wurden die Schlösser immer wieder geknackt. Bei «Yale» hatte Grossmutter Prozente. Und der städtische Schlüsselservice hat ihr nach dem hundertsten SOS-Ruf «the golden key» verliehen.

Kurz: Grossmutter war eine offene Katastrophe. Wenn wir sie aber nach dem «Warum» fragten, machte sie grosse Augen: «Aber Kinder – die Schlechtigkeit in dieser Welt! Ja, schaut ihr denn kein Fernsehen...?»

Grossmutters Lieblingsserien waren «XY». Und «der Alte». Man weiss nun, woher sie den Tick hatte...

Als Innocent erstmals in mein Leben trat, tat er dies mit Velo. Und Veloklammern. Als ich ihm zuschaute, wie er sorgfältig seinen rostigen Göppel abschloss, hätte mich eine innere Stimme warnen sollen. Hier war eine neue Oma. Leider hatte die innere Stimme gerade Urlaub – und so kamen die Yale-Schlösser wieder in mein Leben...

Nun dies: Abreise nach Rom. Hurtig die sieben

Zwetschgen in den Koffer. Der Koffer ist neu. Wunderschön. Doch Innocent schüttelt bekümmert den Kopf: «Nicht mal ein eingebautes Schloss... dazu Stoff! Den schlitzen sie dir auf, wie Hannchen den Bauch zum Blinddarm. Mach wenigstens ein Schloss an den Reissverschluss...»
Typisch Innocent. Weiss alles über Hannchens Blinddarm – und nichts über meine Schussligkeit punkto Schlüssel. Da bin ich wie Grossmutter – gross im Verlegen. Deshalb: «Der Koffer bleibt ungeschlossen. Bei mir klaut nie einer...» Jetzt ist Innocent aber nicht zu bremsen: «Blauäugige Kleekuh... fatalistischer Kapitalist... Katastrophe in Person!» – Und wie ich die Bagage nehmen will, merke ich, dass da ein pfundschweres Badekästli-Schloss hängt.
«So», sagt Innocent zufrieden. Und händigt mir den Schlüssel aus. «So. Das Schlössli hat schon meiner Schwester in der alten Frauenbadeanstalt vor dem Krieg gute Dienste geleistet und...»
Während der Reise schaue ich alle zehn Minuten genervt nach dem Schlüssel. Ich halte ihn auch während des Essens in der Hand. Und ich gebe ihn später im Taxi nicht aus den Fingern. Zwar hat er mir den Flug über die Alpen vermiest. Und vor lauter Aufregung habe ich die neuen Kalbslederhandschuhe auf Sitz 5E liegen-

gelassen – aber Hauptsache: *er ist da.* Glitschig. Feucht. Und heiss.
Da ist er wohl. Aber er geht nicht. Da kann ich hundert Mal probieren. Kann tüfteln. Ihn langsam reinstecken. Drücken, Kurbeln. Zwängen. Nichts! – Was Innocents Schwester gute Dienste geleistet hat, versagt hier kläglich…
Ich rufe nach Hause an. Tobe durch den Äther. Und höre immer nur: «Du darfst die Nerven nicht verlieren… rege dich ab…» Und das regt mich nur noch mehr auf. So sehr, dass der Schlüssel im Schloss abbricht.
Der Rest ist Kraft. Und die Beisszange der Carla Cartucci. Zwar haben wir den Koffer geknackt, aber leider auch den Reissverschluss. Und den Deckel. Er riss, wie Hannchens Blinddarmbauch…
Spät abends erreicht mich das freundliche Telefon von Innocent. Er säuselt. Und wenn er säuselt, ist immer etwas faul: «Also – das Schloss war schon recht. Aber ich habe dir den falschen Schlüssel gegeben. Es ist derjenige zu meinem Sekretär. Und…»
Das «Adieu» war eisig. Holz wird sich einen neuen Sekretär kaufen müssen. Ich einen neuen Koffer.
Später dann noch der Anruf: «Aber kauf wenigstens einen, den man abschliessen kann…»

20 rot-blaue FCB-Ballons

Kürzlich besuchte ich einen Match. Das ist unüblich. Denn Fussball ist nicht mein Fussfall. Aber der FC Basel ist's.
Beim Stadion funkelten nun Ballons. Rot-blaue. Fan-Ballons quasi, die der Kasse des Fussballvereins zum Höhenflug helfen sollten...
Vergessen war im Ballonfluge das Fussballspiel. Da zählten nur noch die Ballons. Denn sie waren von intensivem Rot. Von funkelndem Blau. Und vollgepumpt mit Helium sowie Erinnerungen.
Onkel Alphonse hat mir an jedem Jahrmarkt so einen Ballon gekauft. Und immer wieder dasselbe Lügenmärchen erzählt: «Wenn du ihm die Freiheit gibst, fliegt er für dich zum lieben Gott. Und richtet ihm hoch in den Wolken deinen sehnlichsten Wunsch aus...»
Wir haben daraufhin die Ballons zum Himmel steigen lassen. Mit dem roten Punkt flog immer eine Hoffnung mit – manchmal wurde sie erfüllt. Manchmal verschwand alles im Nichts. Ballons sind unberechenbar. Und der liebe Gott ist es auch.
Dies alles weht mir also durch den Kopf. Ich gehe wie in Trance an den Stand. Bestelle «20 Ballons». Und stehe fünf Minuten später mit einer rot-blauen Riesentraube da. Etwas geniert. Denn die Fussballfans klopfen mir bur-

FCB

schikos auf die Schulter wie der Metzger dem Schwein: «Da brauchst du aber 1000 Ballons, wenn du bei deinem Gewicht abheben willst – haha!»
«Haha» macht auch jovial der Ballonverkäufer. Und bläst wieder einen.
Was tut nun der Mensch mit 20 festgebundenen Ballons am Handgelenk? Er merkt zuerst einmal: Kinderträume kann man nicht zurückkaufen. Sie sind in Wirklichkeit höchst unbequem. Und «...halt die Ballons höher du Depp!», brüllt einer. «Du bist ein Verkehrshindernis...»
Schon will man sich erschreckt aus dem Staube hieven. Aber das ist mit 20 Ballons leichter gesagt, als getan. Denn: «Was kostet so ein Ballon?» will nun ein Binggis wissen. Und bevor ich überhaupt eine Antwort geben kann, giftelt dessen Mutter genervt: «Also ich habe dir schon das Programmheft gekauft... jetzt ist aber Schluss. Lass gefälligst den dicken Mann in Ruhe!»
Und dir ist wie deinen Ballons: Du möchtest auf und davon.
Nun haben sich nach dem Match Gäste angesagt. Und 20 Ballons sind eine wunderschöne Tischdekoration. In Gedanken sehe ich sie schon rot-blau über dem Ragoût schweben. Vielleicht werde ich ihre stets leicht gerumpfelten Schwänzlein mit grünen Schleifchen bestükken und...

«Wohin wollen Sie mit dem Zeugs da», holt mich der Parkhaus-Polizist aus den schwebenden Décors-Gedanken auf den Boden dieser Welt zurück. «So können Sie jedenfalls nicht fahren!»
Fünf Minuten später bugsieren wir gemeinsam die 20 Ballons in den Kofferraum meiner kleinen Blechbüchse. Der Polizist ist ein netter Mensch. Und hat auch seine Träume: «Natürlich ist es völlig gegen das Gesetz. Erstens ist Ballon am Steuer nicht erlaubt. Zweitens verhindern 20 Stück die Aussicht nach hinten – aber wo's für unsern FCB ist. Fahren Sie. Und fahren Sie mit Gott...»
Dann hebe ich ab. Stelle das Radio ein. Und höre, dass der FCB soeben mit 0:1 in Rücklage geraten ist.
Zu Hause angekommen steht's 0:2.
«Das wird ein Nachtessen...», seufze ich. «Lauter FCB-Fans am Tisch. Und die verlieren den Match. Also...»
Und eben da ist mir Onkel Alphonse eingefallen. Schweren Herzens habe ich daraufhin meine Tisch-Dekorations-Traube himmelwärts fliegen lassen:
«Bitte mach, dass sie zumindest nicht verlieren...»
Beim Nachtessen haben dann alle grosse Töne gespuckt: «Ja, wenn der Dittus nicht gewesen wäre... das 3:3 ist wirklich mehr als verdient. In

der 91 Minute haben wir doch noch einen Punkt gerettet...»
Wir?
Die Ballons sind anscheinend gerade noch zur rechten Zeit angekommen...

Das Kind...

Zirngibels haben eingeladen. Ganz ungezwungen. Wirklich reizend.
Hubers decken die intellektuelle Sparte ab. Mit Kafka auf dem Nachttisch. Nickelbrillen. Und dem stets leicht angewiderten Nasenrümpfen dem Mickey-Mouse-Leser gegenüber...
Dann sind da die Baumanns. Körnchenpicker-Sorte. Mit Wollstrümpfen, die immer leicht verstopft aussehen. Und natürlich mit dem Radel da...
Herr Nägeli repräsentiert das eherne Gebiet der Kunst. Er modelliert. Die Vorbilder kann man nur ahnen. Herrn Nägelis Kunst ist geheimnisvoll wie sein violetter Baumwollschal. Und die dareingewobene Frage «ja, kann er denn davon leben...?
Die Finanz ist durch das Ehepaar Klotz vertreten. Er: stellvertretender Prokurist in einer Bankverein-Filiale. Sie: Porzellanmalerin. (Frau Klotz macht den Fehler, Skülpteur Nägeli mit «Herr Kollege» zu betiteln – man muss den halb ohnmächtigen Mann mit einem zweifachen Fernet ins rauhe Leben zurückholen...)
Und dann noch Figaro Föner als dritte Dimension.
Die Gastgeberin reicht Häppchen herum. Die Diskussion schwirrt eben um den Anbau von

makrobiologischem Spinat ohne Kunstdünger – da hört man's: Kinderwimmern.
Die Gastgeberin schaut mit angehobenen Augenbrauen leicht genervt zu den Grünschnäbels. Da schwirrt Herr Baumann auch schon ab. Und kommt mit einem Bündel wieder: Nora.
Vergessen sind nun Makrobiologie und Kafka, vergessen der neuste Börsen-Crash in New York und die kleine Fönwelle für den grossen Herrn. Nora gähnt herzhaft in ihrem Strampelanzug. Gibt ein grunzendes Bäuerchen von sich. Schon zirpt der ganze Saal entzückt: «Aber nein, wie süss... wie als ist sie denn?... ja, ganz der Papa... und diese lustigen Fingerlein... wo isse denn dulliduu...?»
Für einen kurzen Moment versucht Vater Baumann der Runde erzieherisch Wertvolles zu vermitteln: «Man muss sie als ganze Person betrachten. Man kann ruhig wie mit einem normalen Menschen mit ihr reden. Sie ist ein menschliches Wesen, das...»
Aber da grinst Nora ihrem Erzeuger mit dem zahnlosen Mund entgegen. Und sofort ändert der Vater die Tonart um zwei Oktaven: «Ja, wo isse denn... was isse Pappis liebiliebi?»
Die Runde nickt verständnisvoll. Herr Baumann platzt schier vor Stolz. Und streckt das Bündel nun Frau Klotz entgegen: «Sie dürfen sie ruhig mal halten...»

Frau Klotz weicht in Panik zurück, nimmt dann aber die Kleine vorsichtig, als wäre es eine ihrer Porzellankannen. Nun zeigt sie Nora triumphierend im Kreis herum: «Sie hat mir zugelächelt. Sie mag mich. Alle Kinder mögen mich, nicht wahr Alfi...»
Damit hat Frau Klotz Grünlicht gegeben. Jeder will nun beweisen, dass Nora ihn auch mag. Dass Nora ihm ebenfalls zulächelt. Ja, das Grinsen von Nora ist zum gesellschaftlichen «must» geworden – wie das Schäumchen auf dem Espresso. Oder das Lauchbeet unter der Entenleber.
Aus allen Ecken fängt nun ein Gehiepe und Geflöte an: «Eiei, a wo isse denn... wuusiwuusi?!» Ja selbst Skülpteur Nägeli weiss: das ist seine Chance. Er versucht's mit «killikilli». Doch Nora zieht einen Flunsch. Fängt zetermordio zu hiepen an – damit ist die Karriere von Künstler Nägeli ein für allemal erledigt.
Es ist ein Phänomen – aber die zwölf Pfund Babyspeck dominieren den Abend. Zwar versuchen's die Hubers intellektuell beherzt kurz mit Dürrenmatts Durcheinandertal – aber «bäähhh!», macht Nora. Und schon haben wir das Durcheinander live: «Ja, was isse denn... duuliduuli!»
Auch Föners Kurzumschlag über die italienische Dauerwelle wird mit einem Nora-Jauchzer

abrupt beendet. Und wie sich die Gesellschaft gegen Mitternacht mit der immer noch quietschfidelen Nora verabschiedet, knurrt Gastgeberin Zirngibel gestresst: «Die haben nicht einmal meinen Apfelkuchen gelobt. Nächstes Mal kommt die Kleine auf den Grill...»
Nur Herr Zirngibel lächelt verklärt zu dem blutroten Weinfleck, wo Nora das Glas umgeworfen hat. «Ein reizendes Kind – mir hat es zugelächelt...»

Kreditkarten

Ich verliere. Verliere konstant. Der FCB ist ein Dreck dagegen.
Am meisten verliere ich Schlüssel. Verlege sie. Finde sie im Kühlschrank (im Wurstfettpapier) wieder. Oder dann zwischen den Asparagus-Töpfen. Und kein Mensch kann mir sagen, wie sie je da hingekommen sind. Ich glaube, die machen's extra. Nur um mich zu ärgern.
Als ich für viel Geld und noch mehr gute Worte einen Goldschmied dazu bewegen konnte, mir eine sogenannte «Schlüsselkette» zu komponieren, verlor ich die Schlüsselkette. Natürlich waren die Schlüssel dran. Meine Perle Linda fand sie übrigens hinter John Knittels «Via Mala». (Und ich schwöre Ihnen, dass ich seit dreissig Jahren nicht mehr über die «Via Mala» ging.)
Kurz – es geht nicht mit rechten Dingen zu. Hätte der liebe Gott gewollt, dass ich als zerstreuter Mensch, der immer alles herumfahren lässt, zur Welt kommt, hätte er mich offiziell Verleger werden lassen. So aber habe ich nur einen privaten «Verlag», den Linda in ihrer gewohnt herzlosen Art «dreckige Schwuainerai» nennt.
Nun paart sich meine Schussligkeit – leider! leider! – mit den neusten Zeichen der Zeit. Die

neusten Zeitzeichen heissen Computer-Chips. Oder Credit-Cards. Oder Bancomat-Scheibe. Dieses Plastikgeld bringt mich noch an den Rand des Wahnsinns. Früh morgens, wenn ich meinen ohnehin schon viel zu tiefen Blutdruck mit einem Automatenkaffee sowie dem Antiklumpmittel aufputschen möchte, da fehlt mir die Karte.

Früher habe ich einfach ein Fünfzigrappenstück aus der Tasche geknübelt. In den Schlitz gesteckt. Und schon zischte der Apparat.

Heute?

Computerkarte! Und somit Katastrophe.

Ich bin auf die Barmherzigkeit anderer, weniger schussliger Kartenbesitzer angewiesen. Sehr unangenehm – das!

Das Allerschrecklichste ist mir doch kürzlich im Kino passiert. Ich begrub mich in einen der bequemen Sessel, döste vor mich hin und war erst wieder wirklich wach, als man mich im Tram ankickte: Billettkontrolle!

Unglücklicherweise war diesmal nicht nur das Billett, sondern gleich das ganze Portemonnaie mit der blauen, schönen Kreditkarte weg. In Panik rief ich um ein Uhr morgens bei der verantwortlichen Kartenstelle an. Man müsse alles sperren – ich wiederhole: *sperren!* Überdies würde ich eine neue Karte brauchen.

Sofort.

Das Fräulein war die Freundlichkeit in Person: «Keine Bange – wir sperren. Schicken morgen per Express eine neue Karte. Und falls sie dann doch noch auftauchen sollte, müssen Sie diese einfach zerbrechen. Gute Nacht noch!»
Am andern Tag brachte der Express-Pöstler die neue Credit-Card. Und ein Telefonanruf brachte die frohe Botschaft: «Man hat Ihr Portemonnaie mit der Kreditkarte im Kino gefunden…»
In seligem Glück haben wir – eingedenk der Worte des Fräuleins – die Karte sofort vernichtet. Leider die falsche. So stehe ich nun mit einer gesperrten und einer zerbrochenen Karte da.
Immerhin – der Blutdruck ist wieder leicht gestiegen…

Die Barriere …

Kürzlich hat mich ein Interview zu einer Spezialistin geführt – einer Ernährungsspezialistin.
Die ältere Dame, schlank-rank und fit ohne Fett, lächelte mir freundlich entgegen. Dabei peilte sie meinen Bauchnabel an. Und sagte: «Na, na.»
Ich hätte in den Boden versinken können. Aber Kugeln sinken nicht. Kugeln rollen. Also rollte ich auf ihr Canapé. Und liess mir erklären, wo das Problem so rundherum liege.
«Die Barriere», sagte sie. «Finden Sie die Barriere – und alles ist gut. Schauen Sie nur mich an …»
Das tat ich unentwegt. Ich bewundere Leute, die ihre Linie im Alter auch noch bewahren. Und wenn ich sie genügend bewundert habe, schicke ich sie zum Teufel, weil sie unser Herzlein mit Neid erfüllen.
«Sehen Sie», erklärte mir die Ernährungsspezialistin, «es ist ganz einfach. Es gibt Menschen, die sind brandmager. Essen mit grossem Appetit. Und sagen plötzlich: ‹Jetzt krieg' ich keinen Bissen mehr runter.› Da meldet sich die natürliche Barriere. Der Stopper. Das Aus. Man kann ihnen nun die herrlichsten Leckereien vorsetzen – nichts geht mehr. Und deshalb bleiben die schlank …» Pause. Dann seufzend: «… und jetzt gibt's da eben noch die andere Sorte …»

Die Spezialistin linst wieder auf meinen Bauchnabel. Und ich weiss sehr genau, zu welcher Kategorie der gehört.
Aber was kann ich dafür, dass bei mir die Barriere blockiert ist. Vielleicht hüpfe ich mental auch jedes Mal darüber. Doch wenn Risotto mit Pilzen vor mir dampft, stoppt mich auch beim vierten Teller nichts. Da habe ich auch gar keine Zeit, auf eine Barriere zu hören. Da bin ich voll konzentriert auf den Genuss.
Ich kann mir auch nicht vorstellen, dass meine Barriere bereits nach einer einzigen Praline runtersaust. Die bleibt oben, bis das ganze Pfund weggeputzt ist. Dann erst senkt sie sich. Ganz, ganz langsam. Und jagt beim Duft von frischgebackenen Schinkengipfeli sofort wieder nach oben.
«Sehen Sie», sagt die Spezialistin, «die Wissenschaft hat herausgefunden, dass Ess-Düfte oder -Bilder, ja auch akustische Signale, wie etwa das Schlagen eines Rahmschwingbesens, bei vielen Leuten die Magensäfte sofort anregen. Sie haben dann keinen Hunger. Aber Lust. Schon steht ihre Barriere offen, während die Mageren noch immer am Mittagessen herumverdauen. Und keinen Bissen runter bekämen…»
Nun gut. Ich bin ein Lustmolch. Einer, dem alleine schon beim Zischen des Öls, wenn die Rosenkiechli darin baden gehen, die Barriere

hochschnellt. Vermutlich ist diese bei mir gar nie richtig unten.
Die Ernährungsspezialistin schaut mich nun streng an: «Natürlich kann man dem ganzen Kilo-Problem ein Ende setzen, Herr -minu. Aber da ist ein Problem: *Wollen Sie das wirklich?* Es geht nur, wenn Sie absolut innerlich dazu bereit sind, Ihre Barriere zu fühlen. Die Barriere zu hören. Und die Barriere zu berücksichtigen. Anfangs werden Sie sie kaum wahrnehmen – aber plötzlich ist sie da. Und dann haben Sie's geschafft...»
Sie lächelt nun: «Kürzlich ist eine Dame zu mir gekommen. Nicht wirklich fett. Sondern mollig rund. Eigentlich ein netter Anblick. Sie wollte abnehmen. Und sie wollte, dass ich ihr eine neue Diät aufschreibe. Mit der Zeit bekam ich heraus, dass da ihr Ehemann hinter dem Wunsch zur Abmagerungskur steckte. Er hat zu ihr gesagt, sie sollte etwas gegen ihre Rundungen unternehmen...»
«Na und», frage ich, «wie haben Sie diese Frau zur Barriere geführt?»
Plötzlich funkeln da die Augen der Ernährungsspezialistin ganz listig: «Ich habe ihr erklärt, sie brauche keine neue Diät. Sondern sie brauche einen neuen Mann...»

Die Konsumsau

Es gibt Leute, die überlegen sich bei jedem Einkauf peinlich genau: «Ist es nötig? Brauche ich das wirklich? Ist es nicht einfach nur dumme Verschwendungssucht und infantile Labilität, wenn ich mir das leiste...?»
Sie schlafen dann nochmals über den Einkauf. Und leisten sich die neuen Handschuhe doch nicht, weil man die alten flicken kann. Und sie's dann gut noch zwei Winter tun...
All das sind wertvolle Menschen. Grossartige Asketen. Hut ab.
Nicht so ich. Um ehrlich zu sein: Ich bin eine Konsumsau. Kann nicht nein sagen. Konsumrausche wild drauf los. Und stille so all meine Kaufgelüste, bis Innocent, der nun schon seit zwei Monaten beim Problem Zahnbürste hin- und herüberlegt, ob er sich eine neue leisten soll oder ob die alten Borsten noch ein Jahr halten, genervt loslegt: «Also – was kaufst du eigentlich so ungehemmt drauflos?! Schämst du dich nicht! Andere Leute darben. Und du schlägst hemmungslos zu – das ist unethisch. Und...»
Ich gehe beschämt in mich. Und will's nicht mehr tun, bis ich den kleinen, alten Teddybären aus rosa Celluloid entdecke. Natürlich brauche ich keinen rosa Teddybären aus Celluloid. Viel eher braucht Innocent eine neue Zahnbürste.

Aber im Gegensatz zu Innocent bin ich entschlussfreudiger. Kaufbereiter. Der Teddybär gehört mir – die Zahnbürste ist noch immer ein Problem...

Die Kaufwut ist ein Familienerbstück der vornehmeren Seite. Wenn ich mit meiner Mutter in die Ferien loszitterte, seufzte Vater, der Zurückgebliebene: «Ich werde wohl die Swissair alarmieren müssen, damit sie für den Rückflug einen Container für eure Einkäufe bereitstellen...»

«Was man hat, hat man – Hans!» sagte Mutter dann hoheitsvoll. Und kontrollierte, ob ich die drei leeren Reservekoffer bei mir trug.

Vor dem Abflug legten wir im Duty Free dann erstmals richtig los. «Wo alles so viel billiger ist...», meinte Mutter, die Regale räumend. Und dann sagte sie das, was immer wieder all ihre Einkäufe in ein akzeptables Licht stellen sollte: «... und wenn ich denke, wie's doch während des Kriegs nichts gab. Gar nichts!»

Sie mag im Krieg gedarbt haben. Aber hier holte sie in einer Zwanzig-Minuten-Schlacht den ganzen Krieg nach. Und bevor wir überhaupt das Reisziel erreicht hatten, waren die Koffer der Reserve bereits proppevoll.

«In Zürich haben wir Zwischenhalt», freute sich Mutter dann. «Da ist die Auswahl noch grösser. Und neue Koffer haben die dort auch...»

Innocent bereiten solche Einkaufsorgien Migräne und Brechreiz. Ich bedaure ihn. Und kaufe Gelsan dagegen. Im Multipack...
Gottlob ist meine Freundin Grethi da anders. Sie ist ebenfalls aus Konsum-Holz geschnitzt. Mit ihr kann ich froh loslegen. Und als wir vor ein paar Jahren völlig überladen wie die Packesel in der Römer Via dei Condotti standen, als wir da das allerletzte Geld in drei Festtagspanettone, ein Silberbesteck und David als Aschenbecher eintauschten, legten wir inmitten unserer Kaufberge im Caffè Greco eine Pause ein. Und wurden von einem alten, kleinen Männchen ehrfurchtsvoll angemacht: «Holla, holla – das sind Einkäufe, Signori! Da freut sich aber der italienische Staat!»
Als wir unseren Cappuccino bezahlen wollten, murmelte der Kellner mit Respekt: «Die Getränke sind vom ‹Presidente dello Stato›, Onorevole Bertini, offeriert...»
Wir wollen uns hier ja nicht wichtig machen – aber Innocent und seiner Zahnbürste wäre das weiss Gott nie passiert...

Tigerfinkchen

Kürzlich hab' ich sie gesehen. Sie lächelten aus einem Schaufenster. Und haben mir für ein paar Sekunden den Atem geraubt: «Dass es die noch gibt...!»

Plötzlich war ich wieder das Kind von fünf Jahren. Kindergartenalter also. Man hatte mir vor dem grossen Tag des Kleinen ein Znünitäschli geschenkt. Mit einer Ente im Kreuzstickstich drauf. Und mit zwei Fliegenpilzchen (ebenfalls Kreuzstich).

Im Kindergarten haben wir dann stolz unsere Znünitäschli herumgezeigt. Und verglichen. Dora Muff setzte uns alle mit einem aus zarten Seidenstoffen applizierten «Schneewittchen» schachmatt.

Mein Fliegenpilz wurde von der kleinen Dora mit dem überlegenen Nasenrümpfen der Bügeleisen-Fabrikantentochter kommentiert: «Sehr billig das Ganze – typischer Trämler-Geschmack! Ihr habt zu Hause sicher das Goldrändli-Geschirr...»

Wir hatten das Goldrändli-Geschirr. Und die Muffs das Zwiebelmuster.

Also riss ich Dora «Schneewittchen» vom Hals. Und musste zur Strafe Händchen faltend in die Ecke stehen. Wir haben noch viele Male die Händchen gefaltet...

Am demütigsten aber war die Sache mit den Finkchen. Wir mussten alle unsere Pantöffelchen in den Kindergarten mitbringen. Unsere Hausschuhe waren jedoch ein grauenvolles, dreckbraunes Filz-Paar. Sie mussten gebunden werden. Und hörten weit über dem Fussknöchel auf.
Da wir zu Hause sowieso immer nur in den Sokken herumwuselten, waren uns bis anhin diese Finken egal gewesen. Aber jetzt wurden sie zur Marter. Dora Muff brüllte hysterisch auf, schlug sich kreischend die Fäuste auf den Bauch – und lachte Tränen: «Ja gibt's denn so etwas überhaupt noch... Oma-Finkchen... uähähä... du trägst sicher Wollstrümpfe dazu... uihihi!
Ich trug Wollstrümpfe. Sagte aber nichts. Sondern schaute stumm vor Schmerz und Neid auf die Füsse der kleinen Dora. Ihre zarten Zehen steckten in einem prächtigen Gebilde, das aussah wie das gescheckte Fell eines Bilderbuchtigers. Mit dem kleinen, gläsernen Tigeraugen-Knopf konnten sie mühe- und schnürsenkellos geschlossen werden. Das allerschönste aber war der Pompon: Zauberhände hatten mitten auf die Tigerlandschaft eine feurige, puderquastige Flauschkugel gesetzt.
«Tigerfinkchen», sagte Dora grossartig, «Tigerfinckchen – alle Kinder mit Geschmack tragen Tigerfinkchen. Und dann...» (mit Seitenblick

auf uns) «gibt's natürlich noch die Filz-Klasse… hihi!»
Darauf riss ich zum ersten Mal am Pompon. Und musste wieder die Händchen falten…
Zu Hause löcherte ich die Alten: «Tigerfinkchen… ich will sonst nichts auf den Geburtstag… aber Tigerfinkchen. Mit einem roten Pompon…»
Vater schaute gequält auf: «Was soll das – was ist mit dem Jungen?! Tigerfinken! Roter Pompon – er wird demnächst die Zehennägel lackieren…»
Das kam später.
Auch die Mutter blieb eisern: «Du hast Pantoffeln – wenn sie dem Kindergarten nicht passen, kann dir der Staat ja neue Finken kaufen…»
Das war der Anfang zu einer politischen Diskussion zwischen Mutter und Vater. Unsereins blieb auf dem Filz hocken. Das ist das Los der Kleinen.
Als ich grösser wurde, habe ich mein Sackgeld zusammengespart. Und wollte mir die Tigerfinkchen kaufen. Aber dann kam der Ballett-Wahn. Ich sah mich nun weniger als Tiger denn als Schwan. Und investierte das Geld in erste Satin-Ballettschuhe. Rosa. Mit verstärkten Spitzen. So bin ich aus der Tiger-Epoche herausgetanzt.
Und nun die Finkchen im Schaufenster. Kurz entschlossen frage ich den Schuhhändler: «Gibt's die auch Grösse 43…?»

Der lächelt verständnisvoll: «Es wird hie und da verlangt – jeder möchte mal ein Tigerchen sein, haha! Wir können's auf Mass bestellen...»
Als wir nun zu Hause zum ersten Mal die ellenlangen Dinger mit dem roten Pompon trugen, rümpfte Innocent die Nase: «Um Himmels willen – wie geschmacklos! Wir werden wohl demnächst aus einem Zwiebelmuster-Service essen...»
Übrigens – Dora trägt heute am Frauenstammtisch gestrickte «leggins». Und knöchelhohe Hush-Puppies.
Dem ist nichts hinzuzufügen...

Vor und «after shave»…

Irgendwie ist es ungerecht. *Er* hat sich das nicht richtig überlegt. Und uns einen Bart angehängt. Jeden Morgen schlurben wir also ins Badezimmer. Schauen in den Wandspiegel. Und haben den Koller: Das hat *Er* sicher nicht gewollt!
Da blinzelt uns also eine verrunzelte, müde Birne entgegen. Die Augen tränen. Die Haare stehen ab – wie die Borsten bei der Stachelsau. Ansonsten steht gar nichts. Ansonsten hängt alles – der Bauch. Die athletische Brust. Die Kniescheibe – es ist, als hätte man einem Riesenballon einen Teil der Luft abgelassen.
Geistesabwesend streichelst du an deiner Wange. Jeden Morgen dasselbe Ritual: Du fährst mit den Fingerkuppen über die Backe. Hörst ein leises Kratzen. Und seufzt tief: Der Bart muss ab. Ich kann mich noch sehr gut an meine Pubertätsjahre erinnern, als die ganze Klasse diesen Bart herbeisehnte. Stolz zeigte man einander die ersten harmlosen Stoppeln. Diskutierte eifrig, welche Klingen für die Rasur die besten seien – nur unsereins hielt nichts vom männlichen Sekundären. Wir schwärmten schon damals für die Glätte einer Pfirsich-Haut, wie diese Marika Rökk im gelben Heftli dank Placentubex-Pomade propagierte.
Also pomadisierten wir auch. Dem Pfirsich

sprossen dennoch die Borsten. Die Natur geht wundersame Wege – und hat hier etwas falsch gemacht. Nun sind wir in einer Zeit heranrasiert, als Duftwässerchen an Männern noch höchst verdächtig schmeckten. Parfums galten als süssschwere Lockrufe der Weiblichkeit. Für Männer schlug der herbe Schlag von Köln – Eau de Cologne! Und selbst das wurde nur nach dem Sonntags-Bad oder vom Friseurmeister persönlich verspritzt. Mir stand weniger nach Köln. Vielmehr gab's da ein milchweisses Fläschchen, auf dem ein rotes Segelschiff daherschwankte. Und den Duft von weiter Welt verbreitete: Old Spice. Daneben stand vornehm «after shave». Himmel – das klang doch eleganter als das hölzige «Rasierwasser». Es war ganz neu. Und ganz anders. Und mit Kölnisch Wasser hatte es überhaupt nichts zu tun.
Wir füllten also acht lange Samstage im Lädeli meiner Tante Gertrude erdige Kartoffeln in Papiersäcke ab. Das hart verdiente Geld wurde in die Flasche mit dem Schiff investiert. Dann segelten auch wir – und die Umgebung schwankte. Vater bekam schier einen Schlaganfall: «... mein Sohn duftet wie ein ganzes Puff!» Und Mutter nickte heftig: «... woher er das wohl hat?!»
Ganz langsam emanzipierte sich später auch der Mann in der Duftlinie. Heute umwirbt und

umwebt ihn jede und alles. Im Fernseher jauchzt ein Frauenchor das Liedlein vom «Guten im Mann» – und daneben sieht man, wie ein Beau mit der Doppelklinge das Beste abschabt.
Männer trällern unter der Douche – sie schmieren und salben, dass die Frauen im TV-Spot vor Begeisterung Taschentücher und Einkaufskörbe fallen lassen. Sie (die Männer) reiben mit ihren manikürten Fingern über die Bartstoppeln, die erotisch knistern – im Hintergrund ölt eine Frauenstimme «Ahhhh – ‹Schielett›. Die Klinge, die ran geht…» Und schon schabt der Schaber sich einen Weg zum Glück.
Und dann das: die müde Fresse im Spiegel. Der Tränensack zeigt einen Hänger. Und der Bart ist immer noch nicht ab!
Du greifst also zur Doppelklinge. Und hättest gerade so gut eine Sau schlachten können – denn schon blutet's. Und tropft's. Und flucht's. Und Gott sei's geklagt!
Ich weiss nicht, wie das die Reklamemänner machen, dass bei ihnen die Rasur stets klangvoll und sanglos vor sich geht. Wir sehen danach immer aus wie ein ganzes Schlachtfeld. Da kann der Frauenchor noch so lange von der Doppelklinge singen.
Man ödet die Schrammen also mit Blutstiller. Und klebt sich Pflaster in die Backen. Zwar tränken wir das ganze mit der neusten Après-rasage-

Duftnote von Jill Sander – aber es hat noch keine den Einkaufskorb vor Begeisterung fallen lassen…

Fussbassin vollautomatisch

Maschinen können mir's nicht. Kann nichts dafür. Aber da steckt irgendwo eine Urangst im Stecker.
Nun hat der liebe Gott Menschen geschaffen, die sich an Maschinen erfreuen können, wie Fifo am Knochen. Oder unsereins an Branchli dunkel.
Unglücklicherweise ist Holz so ein Mensch. Holz liebt Maschinen. Je verrückter desto besser. So knickerig er ansonsten im Einkauf den Rappen umdreht und jedes Resten-Flöcklein Griesspfludde monatelang in Saranfolie aufbewahrt – *bei Maschinen schlägt er zu!* So sind wir nach einer Muster- oder Warenmesse immer wieder um maschinelle Errungenschaften reicher. Meiner Dekorativ-Kocherei nützlich wäre höchstenfalls der japanische Electro-Radieschen-Schnitzler gewesen. Er schnetzelt die rote Knolle in Sekundenschnelle zur Rose. Leider schnetzelte er schon beim ersten Mal auch meinen Daumen rosig. Und ich schnitzle die Rosen nun wieder mit dem Rüstmesser.
Lange kann ich Holz anflehen, mich ihm zu Füssen werfen: «Mitleid! Bitte kein neues Friteusen-Modell mehr!» Auf diesem Ohr ist er taub. Und schleppt den kostspieligen automatischen Käseschnitten-Wender an, um mir fünf Minuten

später genervt Vorwürfe zu machen: «Ja, hast du denn noch alle ... jetzt hast du das feine Stückchen Emmentaler fortgeworfen, wo ich doch die Sache ausprobieren wollte! Kunststück bringen wir's zu nichts!»
Ich habe das Stümmelchen nicht fortgeworfen. Es ist, nachdem es sechs Wochen von Holz sparsam im Eiskasten aufbewahrt worden war, traurig ganz von selber gegangen ... Längst schon ist unsere Küche keine solche mehr. Sie ist ein riesiges Lager an unbenötigten Küchen- und Haushaltsmaschinen. Aus allen Schränken und Schubladen grinsen mir höhnisch diese Erfindungen entgegen, die dazu da sind, meine Kästen zu verstopfen.
Morgen schon könnten wir mit unserm Angebot ein Haushalt-Geräte-Geschäft eröffnen. Wir hätten unbestritten «die grösste Auswahl am Platze».
Und nun dies: *das vollautomatische Fussbassin* – mit Whirlpool-Effekt. Es hat die Grösse einer Sitzbadewanne, und Holz inspiriert: «So kommen wir ohne Fuss-Schweiss durch den Sommer!»
Unser Badezimmer ist nun total verstellt. Schlimmer. Kürzlich ging das Ungetüm mitten in der Nacht los. Es rodderte und radderte, als wären da zehn Leute am Presslufbohrer. Schon jage ich aus dem Bett. Suche den «Aus»-Knopf.

Drücke ihn auch. Umsonst. Die Batterien funktionieren auf wunderbare Weise weiter.
Herr Haefliger, vom untern Stock, hat bereits die Polizei alarmiert, da er Panzerknacker und eine Tresor-Sprengung vermutet.
Erst frühmorgens gelang es dem Spezial-Trupp, mittels einer digital gesteuerten Elektro-Säge an das Batteriennetz des Bassins heranzukommen. Endlich war Ruhe. Nur Holz nahm den Polizisten auf die Seite: «Diese Säge, also wirklich grossartig… wo gibt's denn so etwas?»
Meine Lieben, ab morgen werde ich auch noch digital nervengesägt…

Abgeben

Es gibt Tage, da liegt etwas in der Luft. Der Ursachen sind viele. Manchmal Chemie. Manchmal der Frühling. Kürzlich war's ein militärischer Brief. Verbunden mit der Aufforderung, abzugeben. Und einen Schüblig zu fassen.
«Es ist nicht zu fassen...», jammerte Innocent. An ihn war der Brief gerichtet. Er, Stütze der Armee, mit handgeschmiedeten Kordeln, Achselspiegeln im Kreuzstich und einer ansehnlichen Sammlung Frau-Wirtinnen-Verse in petto hatte dem Militär adieu zu sagen. Abzugeben. Und in den unvermeidlichen Schüblig zu beissen.
Die Trauer war gross. Der Tag versaut. Die Stimmung lethargisch – es kam erst Zug in die Sache, als man vom Estrich einen Schrei hörte: «Wo sind meine Militärsachen?!»
Und dann in Panik: «Lindaaaa!»
Die Perle aller Perlen wusste von nichts. Sie habe mal den Pfadfindern ein paar alte Sachen mitgegeben. Und da könnte auch etwas Grünes dabeigewesen sein. Überdies: «... wenn du fertiges Militär, weshalb noch Suchen Kleidiges und dummes Geschrei?!»
«Zum Abgeben!» brüllte nun Innocent im militärischen Rabauzton. Und – Himmel! – wie haben wir diese leicht blecherne Tonart gehasst.

Fröhliche
Weihnachten!

Heureux
Noël!

Buon
Natale!

Weihnachten 1992

Gesegnete Weihnach-
ten und alles
Gute vor allem Gottes
Segen für das neue
Jahr wünscht
meiner lieben
Schwester Emmy
von Herzen

Dein Heinz.

Ansonsten ist Innocent ja lammfromm – aber immer in den WKs ist es über ihn gekommen. Schlimmer noch: Zu Hause hat er die Platte dann auf gleicher Spule weiterlaufen lassen. Aber nicht mit Linda. Die hat ihn sofort wieder umgespult. Sie ist in jungen Jahren bei einem Obersten der Reserve in Diensten gestanden. Der Mann war schwerhörig. Das Resultat ist umwerfend.
Endlich findet Innocent hinter Weihnachtskugeln und einer Kiste Gartenbesteck das Wams der Nation. Schon zwängt er sich rein – aber eher kommt ein Kamel durchs Nadelöhr: dlagg… dleng… sprengt's die Kleidung der Armee an allen Ecken und Enden – der Offizier verströmt eine zarten Hauch von Naphtalin und Bestürzung.
«Damit nix Kriegiges mehr zu gewinnen…», jault Linda fröhlich. «Höchstens Abschreckiges in Maisfeld gegen Wildsau-Plagiges…»
Nun verknallt's nicht nur den Armeekittel. Jetzt verknallt's auch Innocent: «… Das ist doch nicht möglich. Hab' ich so zugenommen!?»
Der Offizier der Armee, der so viele Truppen und Schlachten mannhaft geführt hat, jammert geschlagen: «Ich mach mich ja lächerlich – die Hosen schliessen nicht mal richtig…»
Herr Péghy, ein französischer Gelegenheits-Couturier, der eben auf Besuch weilt, gibt flö-

tend Ratschläge: «Wir maschen ein petit Spickel aus Satin rose – très chic...»
Offizier Innocent erbleicht. Und ruft seinen Freund Hans an: «... Ich kann nicht abgeben, weil ich zugenommen habe.»
Herr Hans, simpler Soldat, schmuck- und kordellos, freut sich: «Bei mir sitzt alles noch bestens – nur finde ich das Gewehr nicht mehr...»
Meine Lieben – das sind akut militärische Verteidigungsprobleme, von denen man hierzulande nie etwas liest!
Innocent ist dann mit seinem Wisch Stoff ins Zeughaus gegangen. Dort hat ihn ein Schneider der Nation neu eingewickelt. Als Innocent zu Hause auftauchte, war da wieder der scheppernde WK-Ton von einst:
«So Herrschaften – damit kann ich zumindest noch einmal glanzvoll anmarschieren. Und würdig abtreten. Linda, poliere mal die Knöpfe...!»
Es schellte die Glocke. Soldat Hans stand draussen. Und holte den Offizier ab – «das Gewehr war im Keller. Hinter den Konfitürengläsern...», sagte er.

Nummern und Nummern

Kürzlich hat d Haabi, eine rechtschaffene Elsässer Hausfrau, eine Nummer gedreht. Und uns dazu auserwählt. Jedenfalls schellte der Apparat. Und eine Stimme flüsterte: «Wosch dos fir e Nümmerle...?»
Nun werden wir ja immer wieder nach den neusten Nümmerchen gefragt. Es gibt Nummern. Und Nummern. Ja, das Leben ist zur Nummerndreherei geworden – und wir sind die Nullen.
Seit die PTT auf die gloriose Idee gekommen ist, das Nummernangebot gar noch zu erweitern und das Vorspiel von zwei auf drei umzupolen – also wirklich. Da dreht doch jeder fast durch. Und nun also auch d'Haabi.
Wir erklären ihr unser neustes Nummernspiel. Doch ihr steht's nach anderem: «Y red vom Sex-Nümmerle – s git duch su-n-e Delifong. Un wu my Noel su-n-e haisse Lapäng isch. S isch ollewyl nu besser är drait si Nümmerle dehaim om Apparätle, oss wenn-er s Gäld ze de Froije nu Mulhouse drait. Und umwältfrindliger isch s oi. S brüücht weniger Benzin...»
Wir verstanden nur Bahnhof. Man kann jemanden, der mit zehn Lenzen dem Storch immer noch Würfelzückerchen auf die Fensterbank gelegt hat, nicht allen Ernstes nach den neusten Sex-Nummern fragen. Wir hinken hoffnungslos

hinterher. Kommt dazu, dass wir sowieso eine Sondernummer pflegen – aber: «Ich werde mich erkundigen. Und berichten...»
D Haabi atmet auf: «Y dongg im Numme vu mym fils. Un vu dr Umwält...»
Dann war die Nummer unterbrochen.
Meine Recherchen führten mich zu Freund Innocent. Er ist Experte auf telefonelektrotechnischem Neuland. Überdies hat er bereits mit acht Lenzen Kamasutra gelesen. So etwas prägt. Und man kann Innocent vertrauen.
Da er am Telefon sitzt, hört er uns nicht. Das Gespräch ist höchst einseitig. Denn Innocent schaut etwas verloren in die Zimmerecke (wo es nichts zu sehen gibt). Reibt sich die Nase. Schluckt leer. Und lässt schier den Hörer aus der Hand fallen, wie er uns plötzlich unter dem Türbogen sieht. Dann brüllt er in die Muschel: «Zwei Liter Milch und ein Trink-Joghurt...»
Schmettert den Hörer auf die Gabel. Und schaut uns vorwurfsvoll an: «Kannst du nicht anklopfen...?»
Ich zucke die Schultern: «War das die Milchzentrale?»
Innocent hüstelt: «...also was gibt's?»
«Ich suche eine Sex-Nummer für d'Haabi – respektive für deren Sohn. Was weisst du darüber?»
Innocents Schnurrbart zittert. Dann bellt er:

«Also die Telefonrechnungen schnellen immens in die Höhe…»
«Wohl nicht nur die Telefonrechnungen…», werfe ich ein.
Aber Innocent tritt bereits über alle Ufer: «Das einzige Aufregende an dieser Sache ist, dass man nicht selber auf die Idee gekommen ist. Da füllt einer die Telefonleitungen mit ein paar Sexgeschichten voll. Und stösst sich gesund dabei. Millionen sind da über Nacht zusammengekommen…»
Innocent schlägt verärgert aufs Pult: «… und immer denkt man: Einmal muss doch etwas Heisses passieren. Man schellt wieder an. Und wieder.
Doch immer kommt nur dieses ‹aahhh› und ‹oohhh› – als ob das arme Mädchen Asthma hätte.»
Dann schaut uns Innocent energisch an: «… und aus dem Elsass ist es sowieso teurer. So offen sind da die Grenzen noch nicht…»
Schliesslich knübelte unser Freund eine Zeitungsseite hervor – «hier sind sie alle».
Ich schaue darauf: «Das sind die Todesanzeigen…»
«Daneben», flüstert Innocent dumpf.
Wir haben daraufhin unserer Nachbarin Haabi die verschiedenen Zahlen durchgegeben. Diese hat uns erst vorgestern herzlich gedankt: «Des

isch e dunners Nümmerle, wo du do ummeserviersch...»
«Merci», sagte ich bescheiden.
«Ju – dr Noel isch numme nu dehaim om Delifon. Ai Hond om Heerer – die onderi on dr Pfonne.»
An der Pfanne?
«... murn gänn-se e Soufflé de Saumon dure. Su ne delifuunische Kochkurs isch ollewyl sy Gäld wärt...»
Wie gesagt: Es gibt Nummern. Und Nummern.

Sucht nach Engeln

Kürzlich hat eine Statistik vermeldet: Jeder dritte Mensch sammelt.
Sammeln wir uns also auch. Und berichten: Die Objekte, die weltweit in einer fiebrigen Manie gehortet werden, sind mannigfaltig. An erster Stelle steht die Briefmarke, die zackige. An zweiter Stelle: Porzellan. Und so hat die Statistik noch viele andere Informationen zusammengesammelt – unter anderem auch, dass es Sammler von Zahnprothesen berühmter Zeitgenossen gibt. Oder (bizarr) Sammler von Taschentüchern kleingewachsener Primadonnen. Dann natürlich die kommuneren Katzen-Maus-Elefanten-Bären-(und etwas exklusiver: Einhorn-) Sammler. Die Sammler von vierblättrigen Kleeblättern und in Telefonbüchern zusammengepressten Edelweissen. Und natürlich die Sammler von Kaffeerahmdeckeli.
Und doch ist dies alles nicht gegen die momentane Engel-Manie. Engelsammler überflügeln zurzeit alles. In einer Zeit des Teufels scheint die Gier nach den himmlischen Flatterern über den Wolken grenzenlos. Es wäre mal an der Zeit für die Intelligenzia der Psychiatrie rauszufinden, worauf diese seltsame Sucht nach den stets etwas geistig abwesend Lächelnden zurückzuführen ist. Ist's ein neuer Hang zur Aviatik?

Oder ist's die fleischliche Lust nach molligen Rundungen? Engel sind immer leicht übergewichtig – und mit den geschwollenen Hamsterbacken, die sie sich bei Rubens angefressen haben, entsprechen sie ganz und gar nicht dem Modebild der Hopfenstangenepoche. Sollte aber gerade dieser frivole Hang zu Kniegrübchen und Doppelkinn ihr glorienhafter Erfolg ausmachen? – Himmlische Aussichten für Hängebäuche...

Das Engelbild ist oft schon in der Kindheit geprägt worden. Im Kindergarten werden die Kleinen fürs Krippenspiel in A-Engelchen (die folgsamen) und B-Engelchen (diejenigen, die nicht mit gefalteten Händchen stillhocken konnten) eingeteilt.

A-Engel zeichnen sich durch frohe Verse, einen Goldstern im Haar sowie einem batteriengespiesenen Strahlenkranz aus. B-Engel hingegen stehen glanzlos in der dritten Reihe. Und haben nur «halleluja!» zu sagen. Erste Forschungen haben ergeben, dass gerade diese Bengel später zu den fanatischsten Engelsammlern heranwachsen.

Behutsam sollte man auch mit dem Bild der vom tristen Jammertal Abberufenen und nunmehr zum frohen Engel mutierten Angehörigen umgehen. «Der Opi sitzt jetzt auf einer Wolke und schaut, dass du keine Nägel kaust...» – die-

ses etwas bizarre Drohbild kann dem Kleinkind einen nachhaltigen Schaden (Flugangst, Bettnässen) zufügen, wie auch die so leicht dahingeworfene Bemerkung: «Tante Hildi ist nun ein Engelchen...» Wer den alten Hexenbraten kannte, weiss, dass sie höchstens als Gewitter in den Himmel kommt. Und Kinder kann man da nicht täuschen.
Auch das Märchen vom Schutzengel muss neu überdacht werden. In einer Zeit, wo keiner mehr Verantwortung übernehmen will, wäre es bestimmt unklug, diese auf einen geflatterten Überirdischen (der sowieso immer in den Wolken schwebt) zu übertragen. Im übrigen hat unsere Zeit bewiesen, dass auf die Securitas-Himmlischen in den seltensten Fällen Verlass ist. Vielleicht ist dies der Grund, dass sich die Leute wieder handfesteren Kunststoff-Engeln zuwenden.
Kürzlich nun, als wir an unserm Marktfahrerstand allerlei Engelhaftes feilhielten, wurden wir von einem kleinen Mädchen gefragt: «Haben Sie auch schwarze Engel? – Ich sammle nur schwarze Engel...»
Einen Moment lang stockte ich: Schwarze Engel? Noch nie gesehen. Schwarze Madonnen – ja. Schwarze Jesuskinder – das gibt's. Aber schwarze Engel? Einmal hatten wir Eskimo-Engel – aber das war ein Fabrikationsfehler.

Doch «black angels»? Sorry. Da muss ich passen.
Es schüttelt traurig den Kopf: «Noch keinen…?»

Unterhosen-Emanze

Kürzlich war mir nach andern Unterhosen. Es ist mir täglich nach andern Unterhosen. Aber dieses Mal sollte es für einmal etwas ganz Verrücktes sein. Etwas Geflipptes. Nicht einfach diese ewigen Schlabber-Boxers. Und auch nicht die grossväterlich-kreuzschlitzige Art der Jockey-Verpackung. Nein. Ich wollte mal sexy dastehen! Man spricht ja viel von Emanzipation. Und dass man(n) die Frauen knechte. Ich mag nicht mehr darüber diskutieren, solange mich die Damen noch immer mit einem bewusst auffordernden Blick betrachten, wenn ich im Tram hocken bleibe. Und so lange es noch kein subventioniertes Männerhaus gibt. Aber eines ist mir klar geworden: Die Emanzipation des Mannes muss bei der Unterhose beginnen. Denn hier ist er eine Stufe nach Windel steckengeblieben.
Während man für die Frauen eigene Geschäfte mit eleganten Dessous einrichtet, findet die Unterhose des Mannes verschämt neben Hammer und Nägeln in der hintersten Ecke eines Warenhauses statt. Hier stösst man(n) auf eine weisse Reihe von sogenannten Slips, die immer dieselbe Form (Weichgarn mit der verstärkten Stelle), denselben Schlitz (Kreuzzug) und denselben Gummibund haben – ein Gummizug, der gerne ausleiert. Und so in manch billigen Slap-

sticks zur aus- und runtergefallenen Slapslip-Pointe wird.
Apropos Pointe – weshalb ist eigentlich stets nur der Mann ein Witz in Unterhosen? Männer sehen in ihren Dessous zwar immer ein bisschen lächerlich aus. Immer ein wenig verloren. Und oft wie Riesenbabys, die eben vom Wickeltisch gehobbelt sind... Aber das ist noch lange kein Grund, an ihnen die Sau abzulassen.
Frauen hingegen wirken in ihrer Unterwäsche verführerisch. Sexy. Zartweiblich. Und verdammt aufregend.
Woran liegt's?
Ganz einfach – Mütter suchen sich für ihre kleinen Töchterchen allerliebste Unterwäsche aus. hier ist das Angebot bereits bunt und elegant, spitzenumwoben und zart im Stoff. Für Bubi aber wird nicht lange gefackelt. Da tut's ein Höschen mit Schlitz. Farbe egal. Form egal. Hauptsache preiswert. Und man kann's in der grossen Wäsche auskochen...
Schon beim verehrten Wilhelm Busch findet der Spass immer wieder in der männlichen Unterhose statt. Und ich kann mich gut erinnern, wie meine Tanten wieherten, wenn Onkel Alphonse keinen neuen Witz mehr wusste. Und sich zum Ersatz in einem seltsamen Ungetüm von beinlangem Dessous präsentierte: Die Hinterpartie der Unterhose hing dem Onkel bis in die Knie-

kehle. Um den Bauch schlabberte eine immense Fülle Stoff. Der Kreuzzug, der den männlichen Sex ankündet, fand beim Knie statt. Und kurz vor dem Fussknöchel hörte das Beinkleid verloren und abrupt auf – wie abgeschnittene Veloschläuche. Zu aller grausligen Freude war's eine Winterunterhose. Und so von einem baumwolligen Kuttel-Futter durchwoben. Die Damen lachten Tränen...
Und nun suche ich also ein Geschäft, das etwas Nettes für den Herrn darunter anzubieten hat. Ich suche umsonst. Zwar lockt da auf einem riesigen Plakat ein Prachtbild von Mann in Unterhose. Es strotzt das Bein. Es strotzt der Muskel. Es strotzt der Kreuzzug – wenn ich nun aber das Häufchen in den Händen halte und den Gummibund prüfe, ist's nichts anderes als wieder so ein gewöhnliches Baumwollhöschen. Es fehlt einfach der Muskel und der Mann dazu...
Nun gibt's in Rom ein Geschäft, das sich «intimo» getauft und der untersten Wäsche des Menschen verschrieben hat. Auch hier: Neun Zehntel des Angebots ist für die holde Weiblichkeit bestimmt. Der letzte Rest für den Mann der Schöpfung. In diesem Rest habe ich dann auch etwas Aussergewöhnliches gefunden: eine Leibchen-Unterhose. Alles an einem Stück. Alles in netten Farben. Und alles sehr, sehr sexy.
Die Verkäuferin erkundigte sich vor der

Umkleidekoje, ob's recht sei. Ich zog langsam den Vorhang. Und sie hielt die Hand vor den Mund. Sperrte die Augen gross auf. Und keuchte.
Daraufhin habe ich 10 Paar einpacken lassen.
Zu Hause habe ich dann einer auserwählten Schar von Freundinnen und Freunden die heisse Neuerrungenschaft vorgeführt.
Das Resultat?
Die Witze dürfen mir künftig ausgehen. Ich kann die Hose runter lassen...

Frischer Spargel

Kürzlich habe ich einen Spargel gesehen. Einen weissen Spargel. Frisch. Mit grünlichem Köpfchen. Ich schaute nochmals genau hin: tatsächlich. Da lag er – neben Rosenkohl. Und Nüsslisalat. Über mir sangen dezente Engelschöre in Stereo. Sie jubilierten vorweihnachtliches Halleluja. Und der Verkäufer hatte das gewittrige Brummen eines gestressten Santiklaus: «Was ist? Wollen Sie den Spargel? – Ich muss ihn nämlich abwägen...» Ich lege das Bündel wieder hin: «Seit wann gibt's im Dezember Spargeln?» Er schaut mich streng an: «Es gibt immer Spargeln. Spargel ist gesund...» Dann zeigt er stolz auf die Körbchen mit den Erdbeeren: «Und das passende Dessert bieten wir auch...»

Wir stecken nun also im Advent. Der Monat assoziiert mir: Backdüfte im Haus. Krumme Füsse bei Anisbrötchen. Und der unvergleichliche Duft von Mandarinenschalen. Immer, wenn jemand eine Mandarine schält, muss ich an Advent denken. Leider schält man Mandarinen auch im Juli. Der Santiklaus kommt dann in der Badehose... doch Spargeln im Dezember? – Allerhöchstens der Büchsenspargel auf den belegten Brötchen, die's stets in der Silvesternacht gab...

Meine Lieben – die Jahreszeiten sind uns verlo-

ren gegangen. Und kein Fundbüro gibt sie uns zurück. Früher freute man sich auf den Sommer. Auf die Hitzetage. Und das Planschbecken im Gartenbad. Man trug die kurzen Socken im Mai. Und durfte sich im Juni die erste Glace aufs Bricelet-Cornet spachteln lassen. Heute verbringt man Weihnachten in Kenia. Und nimmt die Blut- und Leberwürste vakuumverpackt nach Bangkok mit. Kurze Socken trägt man im Januar – und mummelt sich im August in Handgestricktes. Dazu: täglich frische Spargeln... Da hat irgend jemand mit einem Mixerstab in unserem Jahr rumgerührt. Und alles durcheinander gebracht. Man kann nun immer alles überall haben: den Sommer im Winter... die Ski-Abfahrt im August... Erdbeeren unter dem Weihnachtsbaum. Und Mandarinen im Gartenbad. Die Elsässer Spargel-Beizen haben demnächst ganzjährlich geöffnet. Und die Gartenzwerge werden im Dezember neben den künstlich vorangetriebenen Osterglocken winken.
Schade. Denn das Hinfiebern auf gewisse kleine Freuden ist nun vorbei. Wir können nicht mehr einem Ereignis entgegenrennen – das Ereignis hat uns soeben überholt. Und wir jagen mit unsern Sauerbraten-Gelüsten wieder einmal dem falschen Monat nach. Denn Sauerbraten war bereits im August... Die kleinen Sensationen des Alltags sterben mit diesem «Allzeit-

bereit»-Phänomen im Genussmittel-Sektor aus. Ich weiss nicht, ob es chic ist, jetzt Sommer-Erdbeeren aus Hawaii zu essen. Dumm ist es sicher. Denn die Früchte schmecken nach nichts. Aber Erdbeeren schmecken schon längst nicht mehr nach Erdbeeren – auch im Juni nicht. Das ist im Dezember allerdings ein kleiner Trost.
Ich weiss auch nicht, ob es chic ist, in allen Restaurants und von den eleganten Trendsettern italienische, englische oder französische Mineralwasser vorgesetzt zu bekommen. Sie pfusen so ziemlich alle gleich – und irgendwie mutet es mich seltsam an, dass ich da ein Getränk schlürfen muss, das 1000 Kilometer weit in mein Glas transportiert worden ist, wo die Schweizer Mineralwasser doch nahe und ebenso pfusig sprudeln. Oder trinkt man das grüne Henniez nun als «dernier cri» im Londoner Café Royal – ich weiss es nicht. Ich weiss nur, dass jeder und alles mahnt, man solle an die Umwelt denken. Und ich kann mir nicht vorstellen, dass ein Mineralwasser mit 1000 Kilometern auf dem Zähler einen umweltfreundlichen Schluck garantiert.
Chic kann oft auch dumm sein... Spargeln also? Sorry. Aber mir ist gar nicht drum. Mir wäre jetzt um weisse Rüben. Und um grünen Speck. Aber da müssen wir wohl wieder mal bis im Juli warten...

Das Geschenk

Die wunderbare Zeit der Weihnachtsgeschenk-Kataloge ist angebrochen. In Hochglanz die Zeit. In Hochglanz der Katalog. Ein dreifaches «halleluja!».
Kein Tag, an dem einem das Christkind nicht verschmitzt eine seiner heissen Wunschtips in den Post-Schlitz steckt. Kein Abend, an dem wir nicht mit fiebrigen Backen darüber brüten. Und keine Stunde, wo wir nicht allerlei Schönes rot umranden: die silbernen Manschetten-Knöpfe mit dem ziselierten Nilpferdchen drauf... der waschseidene Pyjama mit dem lila Tulpenmuster... das zackige Buttermesser mit dem geschliffenen Glasgriff...
Wir lassen den Katalog dann sehr absichtlich aus Versehen auf Innocents Bett liegen. Und hoffen, dass der Blitz einschlägt. Und dass nicht auch dieses Jahr wieder ein Thomas-Mann-Buch unter dem Weihnachtsbaum liegt! Der «Tod in Venedig» schlich sich im vergangenen Jahr bereits zum vierten Mal unter die Tanne. Wenn er ein fünftes Mal kommt, morde ich nach Agatha Christie...
Und nun Innocent: «Lass nicht überall diese Reklameheftchen herumliegen. Es gibt schliesslich einen Papierkorb...»
Unfeinfühliges Ekel! Ein Papierkorb für meine

Herzenswünsche. Ist ja typisch – aber ich werde ihn mit drei Paar rosa Socken ärgern!
Schliesslich brummt er hinter der Zeitung hervor: «Überdies habe ich dein Geschenk schon längst eingekauft – also lass den Unsinn!»
Mein Geschenk! Ist er nicht der beste aller Menschen? Die Weihnachtsüberraschung – ich will es wissen. Ich muss es wissen. Jetzt. Auf der Stelle. Aber Innocent ziert sich: «Du bist doch kein Kind mehr – du kannst warten bis am Heiligabend!»
Stimmt. Ich bin kein Kind mehr. Deshalb will ich auch nicht warten. «Wir sind doch vernünftige Menschen», erkläre ich. Und hole die drei Paar Socken aus der Schublade – wir brauchen keinen besonderen Anlass, um Geschenke auszutauschen. Also…
Innocent bleibt stur – typisch. Der alte Betonkopf! Aber ich habe sein Geschenk bereits im Hemdenkasten entdeckt. Es ist vielversprechend gross. Es rattert und poltert, wenn man am Paket schüttelt.
Und – Wonne! – der Tod von Venedig hat nie gerattert…
Nun gibt's kein Halten mehr. Mit Wasserdampf lösen wir die Klebestreifen vom Papier – mit Stricknadeln häkeln wir die Knötchen im Seidenband auf. Geschickt entblättern wir die Überraschung wie der Koch die Zwiebeln – und

dann steht's vor mir: eine Gemüseraffel mit eingebauter Saftpresse.
Man stelle sich vor: eine Rapse unter dem Weihnachtsbaum. Und das mir!
Hinter uns schnalzt etwas mit der Zunge «Zzzzz. Hast es wieder nicht verklemmen können – aber wo du's schon ausgeschält hast, können wir's ja gleich installieren. Was sagst du dazu ...»
Ich sage gar nichts. Mir hat's die Sprache verschlagen. Um so erregter schnetzelt nun Innocent Äpfel und Rüben: Gibt sie ins Rapseloch. Und lässt Strom auf alles.
Die Maschine kreischt und heult wie ein ganzes Sägewerk. Endlich spuckt sie eine Hand voll Karottenspäne aus. Und tröpfelt ins Leere ...
«Ein Glas ... ein Glas», schreit Innocent genervt. Die kostbaren Tropfen werden aufgefangen: «Das gibt Kraft – das hast du dir doch immer gewünscht!»
Das hab' ich mir nie im Leben gewünscht.
Innocent überhört sämtliche Einwände: «Jeden Morgen raffle ich dir so ein Säftchen – das entschlackt. Und macht frisch!»
Jeden Morgen dieses Getöse – die Seismographen werden Tango tanzen. Ein Erdbeben mit Epizentrum im vierten Stock. Nein danke!
Abends lümmelt Innocent beleidigt im Fauteuil: «Dir kann man keine Überraschung bereiten. Und keine Freude machen – du bist ein schwieri-

ger Fall. Aber ich hab' noch etwas in petto...»
Danke. Hab's gesehen. Das Paket lag unter der Rapse. Ich kenn' die Form – und auch das Papier ist jedes Jahr dasselbe.
Thomas Mann kann warten bis zum Heiligabend...

Weihnachtsbäume

Als Kind war der Baum das wichtigste. Der Weihnachtsbaum. Noch wichtiger als die Geschenke.
Ich kann mich auch heute noch sehr gut an jenen Moment erinnern, als Mutter die grosse Stube abschloss, das Schlüsselloch verklebte. Und uns alle streng anschaute: «Wehe, wenn da einer kiebitzen sollte – das Christkind sieht's sofort. Und fliegt an der Stube vorbei. Aus ist's mit dem Geschenkliberg! Und niemand schmückt die Äste ...»
Das Christkind war eine wunderbare Sache – aber es war auch ein eisernes Druckmittel: «Zu einem Bengel, der Fingernägel kaut, wird das Christkind bestimmt nicht kommen... das Christkind mag keine kleinen Buben, die lügen... das Christkind kommt nur zu braven Kindern!»
Um ehrlich zu sein: Das Christkind entpuppte sich mitunter als wahre Nervensäge.
Kaum hatten die Händler ihre ersten Rottannen angespitzt, drängten wir unsere Eltern: «Wir wollen den Baum kaufen... einen grossen Baum, der bis an die Decke geht...wir müssen jetzt gehen, sonst hat's keine mehr...»
Mutter, die Sparsamkeit in Person, blieb stoisch ruhig: «Blödsinn – jetzt sind sie am teuersten.

Man muss abwarten können. Am Schluss geben sie die Bäume zum halben Preis…»
Jeden Tag gingen wir beim Händler vorbei. Unser Herz zitterte – es wurden immer weniger Tannen. «Es hat nur noch Kraut und Rüben…», jammerten wir am Mittagstisch. Und bettelten Vater an: «Du willst doch auch immer einen grossen Baum…» Aber der wehrte ab: «Weihnachten ist Frauensache…» Und jagte Mutter mit solchen Bemerkungen auf die Tanne. («Mein Gott, Hans – dieses schubladisierte Clichéverhalten. Dann ist der Osterhase wohl Männerangelegenheit?»)
Der Adventsmonat war gespickt mit Geheimnissen – das begann früh morgens schon, wenn wir den Glimmerkalender betrachteten und immer wieder überlegten, was wohl hinter dem grossen Türchen mit dem «24» stecken würde. Das ging weiter, wenn wir mit Mutter um die Füsse der Anisbrote bangten. Und auf dem Schlafzimmerkasten die ersten Päckli im Glanzpapier zum dran Rumrütteln lockten («Wehe, wenn da einer ran geht – das Christkind sieht's. Und – hokuspokus! – das Päckli ist leer…»).
Der Wunschzettel wurde auf den Fenstersims gelegt – und war dann plötzlich verschwunden. Natürlich ist er vom Christkind persönlich abgeholt worden – manchmal behaupteten wir gar, wir hätten's eben noch davonfliegen sehen.

Am Heiligen Abend waren die Stunden bis zur Nacht zäh wie Läckerliteig. Immer wieder machten wir uns vor dem Weihnachtszimmer zu schaffen. Wollten wissen, ob der Baum vom Christkind schon geschmückt sei – aber Mutter schüttelte dann traurig den Kopf: «Es muss Verspätung haben... es wird doch nicht etwa vorbeigeflogen sein?... habt Ihr ein gutes Gewissen?»
Wir litten Qualen. Natürlich durften die Erwachsenen zuerst ins Weihnachtszimmer – wir Kinder warteten in der Küche, warteten auf das leise Klingeln des Glöckchens. Endlich war es soweit – und immer wieder derselbe süsse Schock: Der riesige Baum empfing uns mit seinem märchenhaften Glanz. Er kratzte die Zimmerdecke. Und wir atmeten wieder dieses ureigene Duftgemisch von Tanne und Kerzenwachs – von Weihnachten...
Ich weiss: solche Bilder sind heute nicht mehr modern. Das Christkind hat keine Flügel mehr – sondern eine DC-10. Es fliegt auch nicht mehr von Stube zu Stube – sondern nach Kenia oder auf die Philippinen.
«Verlogene Sentimentalität», hat ein Freund kürzlich diese Weihnachtstannen-Erinnerungen genannt. Und: «Kunststück kaust du noch immer an den Nägeln...»
Trotzdem – der Baum wird wieder die Decke kratzen...

Der Silberstaub

Wenn in unserer Familie auch immer wieder Diskussionen explodierten und die Meinungen in alle politischen Richtungen auseinandergingen – punkto Weihnachten waren wir uns einig. Alle. Oder anders: am Lichterbaum versammelte sich ein einig Volk von Weihnächtlern.
So sehr mein Vater auch gegen Konsumwirtschaft und «diese Saftsäcke von Geschäftsleuten...» wetterte – an Weihnachten kapitulierte er. Er stapelte seine Päckli auf dem Schlafzimmerkasten, bis es gar Mutter zuviel wurde: «Also Hans, wo du immer gesagt hast, wir schenken einander dieses Jahr nichts...»
Der Vorweihnachtszauber hat mich als Kind geprägt. Meine Tanten und Grossmütter spponnen einen Zauberfaden von Märchenflitter in den Dezembermonat. Ein paar Tage vor dem Heiligen Abend wurde die Esszimmer-Türe abgeschlossen. Im Schlüsselloch steckte nun ein Stück Wachs. Und wenn Tante Gertrude mal aus dem Weihnachtszimmer schlüpfte, flehten wir sie an, uns doch zu verraten, ob das Christkind den Baum schon hingestellt habe.
Kam dann der grosse Augenblick, wo das Glöckchen die Familie ins Zimmer rief, blieb uns jedesmal für einen kurzen Moment das Herz stehen. Die Wunderkerzen, die da explodierten,

blendeten uns. Und Mutter zeigte auf das offene Fenster – «jetzt ist das Christkind eben davongeflogen. Da schaut nur – es hat noch etwas Silberstaub zurückgelassen...»
Am Boden funkelte ein Gütschlein grausilberner, hauchfeiner Sand. Und wir fuhren mit den Fingerspitzen ehrfurchtsvoll darüber – das war ein Stück vom wirklichen Weihnachtsland.
Auch später, als wir schon längst nicht mehr ans herumflatternde Christkind glaubten, wäre es ohne dieses Gütschlein Silbersand kein richtiges Weihnachtsfest gewesen. Als ich Mutter dann einmal fragte, wo sie denn diesen feinen Sand immer wieder hernehme, lächelte sie nur: «Hör' mal, du kannst es jetzt glauben oder nicht – ich habe damit gar nichts zu tun. Den Silbersand hat das Christkind bereits zurückgelassen, als ich ein kleines Mädchen war. Für mich ist dieser Glimmerstaub der Inbegriff von unserer Familienweihnacht. Von Tradition. Und von Zusammensein. Vermutlich steckt deine Grossmutter dahinter. Aber ich glaube, dass man diese Sachen nie allzufest hinterfragen sollte. Man muss sie hinnehmen. Und sich daran freuen können. Fertig...»
Das Schicksal wollte es, dass Mutter und Grossmutter uns im selben Jahr verliessen. Weihnachten wurde zum Alptraum – der gewohnte Rahmen war nicht mehr. Vater kapitulierte: «Alles,

nur keinen Baum...wir können so nicht feiern...»
Es kam eine Reihe von traurigen, dunklen Dezembern. Aber die Zeit lehrte uns mit den Lücken zu leben. Und eines Tages übergab Vater mir die grosse Weihnachtskiste mit der Krippe und dem Baumschmuck: «Vielleicht sollten wir wieder einmal das Christkind bitten, die Äste zu schmücken...»
Ich organisierte also die Familienfeier. Dekorierte den Baum mit den alten Kugeln – und stiess plötzlich auf ein Säcklein, in dem ein letzter Hauch vom feinen Silberstaub glimmerte...
Natürlich! Eine leise Traurigkeit überfiel mich: der Silberstaub! Ich musste davon besorgen – aber obwohl ich mir die Beine krumm lief: Diesen feinen Glimmersand konnte man mir nirgends anbieten. In den Papeterien schüttelten sie den Kopf: «Das haben wir noch nie gesehen. Wo haben Sie denn so etwas her?»
«Vom Christkind», lächelte ich. Und suchte weiter.
Am Heiligen Abend aber öffnete ich das Fenster zum Weihnachtszimmer. Schaute traurig zum Himmel. Und hielt Selbstgespräche: «So gibt's eben ein Familienfest ohne Silberstaub...aber ihr da oben könntet euch wirklich etwas einfallen lassen...»
Als dann die Weihnachtsglocke die Leute ins

Zimmer rief, als es da fast war wie sonst und eben doch nicht wie einst – da nahm Vater mich flüsternd beim Arm: «Es ist gut, dass wir wieder feiern können. Und es ist nett, dass du an den Silberstaub gedacht hast...»
Ich schaute elektrisiert zum Weihnachtsbaum. Am Boden funkelte ein Gütschlein vom silbergrauen Glimmer. Und mir war, als hörte ich leise Mutters Stimme: «Man sollte diese Sachen nie allzufest hinterfragen...»

Axt im Haus

Es gibt Menschen, die pflegen ein nettes Hobby: Kakteen oder Briefmarken (ein ganz spezieller Typ).
Es gibt auch solche, die Golf spielen. Andere «Tschau Sepp». Und die dritten singen Bass im Bachchor.
Alles gut und recht.
Ich frage mich nur, weshalb Innocent ausgerechnet reparieren muss. Er ist rechtsgelehrt. Und somit mit den Paragraphen dieser Gerichtswelt verheiratet. Aber in seiner Freizeit repariert er. Was er an Gesetzen nicht zurechtbiegen kann, will er zu Hause glattbügeln: Das Reparieren vom längst verrosteten Toaster wird zum Erfolgserlebnis. Zumindest so lange, bis wir den ersten Kurzschluss haben. Und im Dunkeln sitzen.
Innocent werkt also heim. Oder anders: Wo die Freunde der Briefmarke still in sich gekehrt zur Pinzette greifen und die Zacken ihrer Kostbarkeiten kontrollieren, lässt Innocent in heimwerkerischer Lust die Kreissäge jaulen. Den Bohrer bohren. Und den Hammer hämmern.
«Selbst ist der Mann!» erstickt er unsere sanften Einwände im Keime. Und leimt gleich noch euphorisch Aphoristisches an: «Die Axt im Haus erspart den Zimmermann...»

Leider hinkt der Aphorismus. Zumindest bei uns. Denn obwohl wir eine ganze Hobbywerker-Auswahl an Axttypen besitzen, kommt zu guter Letzt immer der Zimmermann. Oder der Spengler. Oder der Maurer. Sie schiessen dann grimmige Blicke und keifen unsereinen an: «Aha – hat da wieder mal einer gemeint, er könne es besser als der Berufsmann…» Ich salbe dann ihre Hände mit Noten. Stammle entschuldigend: «Es ist eben sein Hobby.» Und gehe dann an den Staubsauger – das Ende vom Lied ist stets die Staubsaugersymphonie, wenn das Haus im Gipsregen erstickt.

Und nun dies: Geplant ist ein friedliches Jahresende auf der Rigi. Mit Bleigiessen. Mit Kartenspielen. Mit vor sich hindösen. Doch Innocent döst nicht. Er düst. Schlimmer: Er kommt mit Kabel, Steckdosen und drei Werkzeugkästen auf den Berg: «Ich will eine Telefonleitung in mein Zimmer legen!»

Ich versuche es auf gütige Art: «Könnte nicht der Elektriker des Ortes…»

Aber Sie wissen schon: «Selbst ist der Mann – haha! Diese Halsabschneider haben ja Tarife…»

Dann geht er an die Telefonsteckdose. Und weil diese der elektrischen sehr ähnlich ist, verbringen wir einen schönen Teil des alten Jahres – knallbumms! – in trüber Finsterheit.

Später durchbohrt er dann die richtige Stelle – aber leider auch das Telefonkabel. «...und wo sie uns doch alle zum neuen Jahr anrufen wollten!» jammerte Esther stinksauer, derweil Hugo mit Innocent verzweifelt nach dem richtigen Kabelzweiglein sucht.
«Ich ziehe jetzt...», ruft's vom untern Stock, «merkst du etwas?»
Keiner merkt etwas. Und Hugo zieht fester. Etwas allzufest. Ein unschöner Ausruf von Innocent kündet die Katastrophe an – ein falsches Kabel wurde ausgerissen. Und: «...sag' mir ruhig ‹Esel›, wenn's dich erleichtert», ruft Hugo zerknirscht durch den Elektroschacht.
Natürlich blieb's dann wieder an uns hängen, in den letzten Stunden des alten Jahres ins Tal zu pilgern. Und den Elektriker anzurufen.
«Hat wieder einer Fachmann spielen wollen...», keift der in den Hörer.
Und ich verspreche einen Sondertarif, falls er die Sache noch vor der Jahres-Jubelfeier im August in Ordnung bringen kann...
Zu Hause wollen sie eben den Silvesterkorken knallen lassen. Aber leider bricht er ab.
«Kein Problem», strahlt Innocent, «ich hole nur rasch die Werkzeugkiste...»
Wir haben daraufhin mit Lindenblütentee auf eine bessere Zukunft angestossen...

Inhaltsverzeichnis